河出文庫

風

青山七恵

河出書房新社

目次

風

予感

旅行を終えて帰ってくると、わたしの家は消えていた。

正確にはわたしがその三〇三号室を借りている賃貸マンションが消えていたのだけれども、持ち家でなくても家は家、唯一無二のわたしの家だ。その家が消えてしまった。

いつか、これに似た何かが起こるという予感はあった。仕事から帰ってきたら家が燃えていたり水浸しになっていたり空き巣と鉢合わせしたりすることも、ありえなくはないと思っていた。なにしろ不注意な自分のことだ、今回の旅行でだって財布入りのバッグをまるごと置き引きされている。旅先での置き引き被害はこれで三度目だから、もう驚くようなことでもない……とはいえ家が消えたのはさすがにこたえた。気づいたときには道端に座り込んでぶるぶる震えていた。震えながらわたしは、こういう大きな災難が起こったときにはまず、実家に電話しようと決めていたことを思い出した。実家には父と母と父方のおばあちゃんが住んでいる。携帯電話を取り出して応答を待つあいだ、立ち上がって目の前の更地をよく見た。

家は消えたというより取り壊されただけのようだった。黒っぽい土がL字を逆さにしたマンションの形そのままに露出していて、中央でこんもり小山になっている。街灯の光の下では定かではないけれど、小山の手前には銀色の、おそらくは蛇口が転がっていて、隣に二つ並んでいる影は共用玄関に鉢植えで置かれていたパキラとアレカヤシらしい。ひょっとしてここは畑になるのだろうか？　実際、東側の隣の敷地はすでに畑だった。夏にはナスだのミニトマトだのトウモロコシだの、色の濃い野菜がふんだんになっているのが三階の廊下からよく見えたものだ。でも今は、だらだらとしたつる状の植物だけが畑を覆っている。

実家の電話は誰にもとられない。もしかして実家も畑になっているのかもしれない。目をつむって携帯電話に耳を済ませてみるけれど、呼び出し音に畑の気配はどこにもない。気をとりなおして一一〇番にかけることにした。一一〇番には一昨年ひったくりに遭ったときにもかけたし、中学生のときにも公衆電話からかけたことがある。応答したのは女性だった。旅行から帰ってきたら家がなくなっていて困っている、そう訴えるとすぐに住所を聞かれた。まともな扱いはされないだろうと覚悟していたのに、今から警察官を一人派遣してくれると言う。警察官は自転車でやってきた。そして倒れるように地に足を着けたと思ったら、荷台の白い缶から出した何かと目の前の更地を熱心に見比べはじめた。盗み見るとそれは地図だった。それから警察官はわたしを交番まで連れていき、名前と年齢と住所と勤務先を紙に書かせ、最寄りのビジネスホテルまでの地図をくれた。わたしは示されるがまま電車に乗って、四つ隣の駅前にあるそのホテルにチェックインした。

とんだ災難だったけれど、旅行帰りだけあって洗面道具や着替えがひととおり揃っているのが不幸中の幸いだ。家などなくても洗面道具と着替えさえあればどこでも暮らしていけるのかもしれない。でもすぐに、お金のことを思い出した。財布とは別にスーツケースに三万円を入れてあったから、その残りでとりあえず今晩の支払いはまかなえる。でも銀行の預金はどうやって引き出せばいい？　通帳も印鑑も家と一緒に失くしてしまったのだから、窓口に行ってもすごく複雑な手続きが必要だろう。その前に明日の出勤をどうしよう？　スーツケースに入っているのはTシャツや綿のワンピースばかりで会社に着ていけるような服はない。わたしは窓辺に立って、かつて家があったと思われる方角をしばし眺めた。

部屋の灯りを消したあと、もう一度実家に電話した。「もしもし？」苛立たしそうに受話器を取ったのは母だと思ったけれど、「どうした？」と聞いてきたのは父だった。「お父さん？」聞くと「おばあちゃんだよ」と返ってきた。わたしは帰ってきたら家がなくなっていたことを話した。それだけではなく旅先でバッグを盗まれたこと、一昨年はひったくりに遭ったこと、さらに過去にさかのぼって二度の置き引き、交通事故、数えきれない忘れものと失くしもの、それまでに起こったあらゆる不運についても話した。ときどき咳込みながら相槌を打つ電話口の向こうの声は、三人の誰でもないようで三人全員の声だった。

でも今度は家だよ、家がないんだよ。わたしは泣きながら言った。もういやんなっちゃった、どうしてわたしばっかり、こんなにつぎつぎ災難に見舞われなくちゃいけないの？

すると父と母とおばあちゃんは言った、

贅沢なことを言うんじゃないよ、それはおまえがおまえの人生を生きている証拠じゃないの。

ダンス

優子は踊らない子どもだった。大人になっても踊らなかった。人生の長い時間を踊らないで過ごした。

「踊ろうよ」

今、香港のナイトクラブの片隅に、スパンコールがびっしり縫いつけられた袖なしのワンピースを着て彼女は立っている。青い羽根つきのピアスと金属製の細い腕輪をつけて、めったにないほどおめかししている。

「早く、踊ろうよ」

重心を低めた腰をぶるぶる振ったり剝き出しの白い腕をくねらせたりして、友達が優子を誘う。すぐ前で踊っていた現地の男が突然振り向いて、大口を開けて笑う。楽しそうに、ここにいることがおかしくておかしくてたまらないというふうに。けれども笑い声は当然優子の耳には届かなかったし、友達の声だって本当は聞こえていなかった。優子は何もかもただ推測していただけだった。

ダンス・ミュージックに終わりはなかった。

「踊らないの？」

友達はやや困惑顔で、小気味よいステップを踏みながら、それでも優子を誘っている。

「いいの、わたしは」

優子は声を出さず唇だけを動かした。

「いいの、いいの、わたしは………」

*

一番早くに気がついたのは木下という新米先生だった。

木下先生はハーモニカがとてもうまくて、吹き始めると庭から小鳥が寄ってくる。体が大きくて明るい性格なのに、どうしてか園児たちには人気がなかった。先生はそれを自分がくさいからだと思い込んで、ひっそりと傷ついていた。

そんな木下先生が、年に一度のお遊戯会の演目に「チム・チム・チェリー」を振り付けた。運動神経の鈍い子どもというのは、どの年次にもある程度決まった割合で存在する。木下先生の振り付けには定評があった。どんなに鈍い子どもでも、ひととおりの練習をこなせば他の子どもと同等にまったく正しく踊っているように見えたから。先生は色彩感覚も豊かだった。衣装のデザインも照明も、すべて自分でこなした。でも先生は、本当は、自分一人で踊りたい。照明を落とした誰もいない公民館のホールで、ビデオカメラを回して、自分で作った衣装を着て、特製の白いスポットライトを浴びて踊るのだ、それであとで、録画した映像を見て楽しむ。仲良くなった誰かが家に来たときは、その映像を見せていろいろ説明する。でも先生のアパートにはお客さま用のスリッパがまだない。それに先生は、自分にはわからない自分のくさい匂いを恐れているんだから、部屋になんか、誰も呼べっこない。

雨上がりの爽やかな六月の朝、木下先生は練習を始めた。

青と黄色の格子柄のスモックを着せた園児たちを横二列に並ばせ座らせ、音楽をかけて、まずは一人で踊ってみせる。指をしゃぶる子もあれば顔を赤らめて泣き出しそうな子も、じっとしていられず先生の隣でさっそく振りを真似し始める子もある。最後まで踊ったあと、カセットデッキにかがんで停止ボタンに指を伸ばしながら、先生はすでに少しだけ満足だった。子どもたちの反応は悪くなかった。「先生もう一回やって」「はいはい」園児を立たせもっときちんと並ばせ、前奏部分の、後ろで手を組んで体全体でリズムをとるところから先生は教え始める。わたしがこの子たちを立派に踊らせてみせる、誰一人として落ちこぼれさせたりはしない、先生の心は燃えている。そして次は？

「六つ数えながら、お箸を持つほうの手からだよ！」

振り付けは順調に進んでいく。一教え、二教え、三教えたところで一から繰り返して教える。この調子でいけば、覚えの良い優秀な園児たちはお昼までに曲の半分ほども習得してしまいそうだった。

「じゃあ最初から、音楽に合わせてやってみようね」

小さい子どもと音楽の組み合わせが、先生は大好きだ。テープを巻き戻してボタンを押すと、物憂げなワルツのリズムで前奏が始まった。ちびどもは手を後ろに組み顔をこわばらせ、全身でうなずくようにリズムをとっている。こんな瞬間のためにこそ先生は先生になった。木下先生は確かに今、幸せの上位にいる。

チム・チム・ニー、チム・チム・ニー、チム・チム・チェリー、わたしは煙突掃除屋さん……

すべてはうまくいくと思われた、それからたったの数秒後、先生は幸せの上位から転落する。一人だけ踊らない子どもがあるのだ。

笑顔を浮かべて、先生はさりげなくその踊らない子どものほうへ寄っていく。そしてあたりの園児全員に示すように、進行中の振りの手本になってみせる。子どもはまだ動かない、焦っているようにも恥じ入っているようにも見えない。ただ、正面を見据えて静止している。先生のほうが焦り、恥じ入った。それでもダンスはやめなかった。後半まで一気に踊った。意欲ある何人かの園児だけが最後まで喰らいついて見よう見まねで踊った。先生は踊らされている気がした。

「よくできました」

踊らなかった子どもは今ようやく動き出し、前髪を触ったりスモックのポケットに手を入れてもぞもぞしている。名前を呼んでご機嫌を伺ってみるべきか、先生は迷った。すると突然、何かを察したようにその子どもは先生を見上げて、満面の笑みを浮かべてみせた。「木下先生、ゆうや君がのぞみちゃんを泣かせました！」園児の一人が泣き始める。先生は手をエプロンで拭いて泣いている女児の隣にしゃがみこみ、大きな指の腹で優しく涙をぬぐってやる。するとその子は急に顔を上げて教室後方のおかばん入れに走っていき、アップリケ入りのタオルハンカチで顔をごしごしこすった。他の園児はすでに諍《いさか》いへの興味を失って、指や髪の毛を使って自分をかわいがるのに夢中だった。

お遊戯会本番の日まで、木下先生は来る日も来る日も園児たちを踊らせた。ところがどんなに気を配って熱心に教えても、あの子どもだけは踊らない。一つ一つの振りは覚えてくれる、でも手拍子を鳴らしたり音楽をかけると途端に動かなくなる。どうしてなのかわからなかった。（この子はわたしが近づくと絶えず鼻をひくひく動かす）

教えているあいだ、ナイーブな先生はその子のアラザン粒のように小さな鼻の穴ばかり見ていた。（この小さな鼻でさえ、わたしを拒絶する……わたしってば本当にくさいんだ……だから腹いせにこの子は踊らない……この子だけは正直だ、媚びることを知らない、将来苦労する子……わたしのように……老若男女にわたしは好かれない……せめてもう少し器量良く生まれていたら……もう少し痩せるか、もしくはとことん大きくなってみるか……きっとそもそもが間違っている、本当ならこんな仕事は今すぐやめて、海の向こうの遠い国に行くべきなんだ……幸せ探しの旅に出るんだ…………）

一人だけ隅で見学させるわけにもいかなかったから、木下先生は見せ方を工夫して、踊らない子どもを他の子どもたちのじたばたする手足で隠すことに決めた。辛うじて足踏みだけはできるらしいので、最初から最後までその場で足踏みをさせるのだ。すると巧みな配置の妙で、その子どもにはある種の威厳が備わってきたように見えた——オーケストラの古参の指揮者みたいな、敬われ恐れられるべき威厳が。先生は近づいてそっと言った。「優子ちゃんならきっとできる」先生はもっと言った、「もしできそうだったら、手拍子を打ったり、みんなと一緒に踊ってもいいのよ。ううん、みんなと一緒でなくたって、あなただけのダンスだっていいの、優子ちゃんが楽しいように、好きなようにやればいいのよ」

これですべての問題は解決した。言うことを聞かない子どもに与えるべきは自尊心と創意工夫の精神だけで、それ以外に何もなかった。先生は他の先生たちより一歩も二歩も前進した気持ちになった。

待ちに待ったお遊戯会の当日、幕間《まくあい》から園児たちのかわいらしいダンスを見つめていた。木下先生は一人で涙する。そこには調和が、ささやかな詩情がある。先生は感動していた。衣装も照明も何もかも完璧だった。彼女は再び幸せの上位にいた。

優子は一人青ざめた顔で、躍動する子どもたちに囲まれ、単調な足踏みを繰り返している。

（旅に出ることなんかない）先生の涙は際限なく流れ続ける。

＊

踊らない優子を怒鳴りつけた少年があった。

河合俊介、二年Ｃ組、放送委員の十四歳の少年だ。

どういうわけなのか、この学年の生徒には目を見張るような独立自治の精神が最初から満ち溢れていた。朝から晩まで自家製の正義で研磨された子どもたちの顔はつるつるしている。子どもたちは多数決の論理が大好きだ。大好きな多数決によって彼らは林間学校で伝統のフォークダンスを踊ることを拒否した。開校以来、前代未聞の事件だった。どこの学校でも林間学校ではフォークダンスを踊ることに決まっている。

「どんな具合にしますか」

一学年二百二十八名分の署名を受け取った学年主任がこの案件を職員会議にかけた。

「自分が話をつけます」一人の果敢な青年教師が、短い指を目いっぱい広げた手のひらを斜めに突き上げて言った。

「そういうことならば……」

さっそく翌日、河合俊介とその同志たちを理科準備室に呼んで、青年教師が意見聴取に当たる。子どもたちの意志ははっきりしていた。つまり男子は女子と、女子は男子と手をつなぎたくなかった。捏造《ねつぞう》された思春期を彼らは嫌悪していた。それより早く勉強を終え、社会に出て、金を稼いでおもしろい遊びをしたかった。

「ださいダンスは踊りたくないです」

河合俊介は厚い胸板を反り気味にして、横柄な口調で言う。青年教師は神妙な表情を作って、重々しくうなずいてやる。

「でも、一度も踊らない林間学校なんてさびしくないか。外国の子どもたちはこんな小さな頃から日常的に踊ってるぞ。先生が昔ロンドンにいたとき、地下鉄の通路でミュージシャンが賑やかな音楽を始めたことがあったんだ……すると通路の一番向こうにいた女の子たちが走ってきて、笑いながら踊り始めた。それはもう、盆と正月が一度に来たみたいに、Tシャツが破れようがスカートがめくれようがまったくおかまいなしで、気がふれたみたいにさ……すごかったよ、彼女たち、ただ踊りが好きだから、踊りたくて踊ってるんだよ……それで音楽が終わると、サンキューなんて言いながら、また元いた向こうのほうに笑いながら走っていった。先生はびっくりして、本当は一緒に踊りたかったんだけど、一人じゃ恥ずかしいのもあって、ただ見てることしかできなかったんだ。フォークダンスが嫌なら他のダンスをしたっていいじゃないか」

「じゃあ多数決をとります」

結果、先生の言う「他のダンス」は認可された。すぐさま河合俊介はバトン・トワリング部の振り付け担当と一組あたり二名ずつ選出させたダンス委員を招集し、その日のうちに放送部管理のCDボックスから選んだ音楽を自ら編集し、ダンス・ミュージックを完成させた。林間学校まであと三十五日、もう後戻りはできない。リーダーを任されたバトン・トワリング部の蜷川恵子はひそかに俊介に想いを寄せていたから、ここぞとばかりにはりきって振り付けを考えた。彼女は十四歳の夏のすべてをこのチャレンジに捧げるつもりだ、大きな鏡の前で一人で踊っているあいだ、彼女の幼い乳房はみるみる膨らんでいき、乳首の先がスポーツブラにこすれてときどき痛む。

一学期最後の土曜日の三時間目、初めての全体練習が行われた。取り仕切るのはもちろん、二年C組の河合俊介だ。蜷川恵子を頂点とする一組二名ずつのダンス委員はすでに振り付けを完璧にマスターしていて、それぞれのクラスの生徒たちにすべての振りとフォーメーションを教えてある。準備は万端だった。体育館のステージに委員たちが立ち並び、練習が始まった。連日の暑さでばてている先生方は踊る生徒たちを後ろで監視しているだけでよかった。

練習は順調に進んだ。蜷川恵子にはジャズダンスの経験があったから、振り付けはそれなりにこなれている。ステージに立って夢中で踊る膨らんだ彼女の乳房に、ほとんどの女子生徒が気づいていた。「見てよ、あれ……」彼女たちはコンビニで買ったグミ菓子をこっそり回しながら目で合図する。見たいものなら何もかもはっきり視界に映し出してくれる澄んだ瞳が、彼女たちにはもれなく備わっている。

「うまくできたら、これで最後にします！　気合を入れて踊って下さい！」

音楽が流れ始めた。ステージの中央、俊介は総督のようにパイプ椅子にふんぞり返って全体を眺める……が、ひと息つく間もないうちに許しがたい謀反《むほん》行為を見つけてしまう。

「ちゃんと踊って下さい！」

拡声器を摑んで、俊介は怒鳴った。凄まじい怒号に体育館じゅうが動きを止めた。

しかし蜷川恵子が踊り出せばつられて生徒たちも踊った。怒りに震える彼の眼差しは

A組のちょうど真ん中あたりに向けられている。視線の先に立つ女子生徒は、微動だにしない。まるでベランダに止まった珍しい蝶々を眺めているかのように、視線をある一点に固定して動かない。

「踊って下さい！」

俊介は再び叫んだ。優子はそれでも動かなかった。（もしかして、聞こえてなかったりして？）少年がひるんでいるうちに彼女は列を抜け、先生用に並べた椅子の一つにどっかりと腰かけ、胸の前で腕を組み、足まで組んで、彼を睨み返した。そうなれば俊介はいてもたってもいられず、拡声器を放り出してステージの階段を下り、彼女の前まで走っていった。踊りに夢中な生徒たちは誰一人その動きに気づいていなかったけれども、蜷川恵子だけはステージの上から彼の行く先を見守っていた。

「橋本さん」

怒っているにもかかわらず、目の前の女生徒の苗字をこんなにも自然に思い出せる自分の記憶力が、河合俊介は誇らしい。

「具合悪いんですか？」

「悪くありません」

「じゃあなんで踊らないんですか？」

「すみません」

「ダンス委員がきちんと教えましたよね？」

「はい、教えました」

「じゃあ踊って下さい」

「いいえ……」

「みんな踊ってるんだから、踊って下さい」

「いいえ、わたしは……」

「わたしは、じゃない！」

「………」

「これは学年のみんなで決めたことなんですよ！　だからこんなくそあついなか、みんな一生懸命練習してるんじゃないですか！　自分勝手な行動を取らないで下さい！　一人だけ楽して人に迷惑をかけないで下さい！」

優子は青ざめ、立ち上がって元の列に戻った。ちょうど音楽が終わったところだった。生徒たちは荒い息を吐きながら、毛羽立ったタオルハンカチで汗をぬぐったり足首を回したりしている。

「もう一回やります！」

鼻息荒く俊介が叫ぶと、再び音楽が始まった。歯切れの悪い文句を垂れながらも、踊り出せば誰もかもが溌剌《はつらつ》としていた。ところが優子は依然として踊らない。歯ぎしりしながら、俊介はその動かない姿を真正面から凝視した。「河合君もあそこで踊ってきたら」近くに座っていたC組の担任教師がそっと俊介を促した。俊介は舌打ちをしながらステージに戻り、そこにいる誰より秀麗に踊ってみせた。

二泊三日の林間学校の二日目の夜に、全体ダンスは予定されていた。いよいよそのときが来ると、河合俊介は朝から抑え続けた武者震いを全身に解放し、学年のリーダーとして中央のお立ち台に立った——これから始まるパーティーは開校史上類を見ないものになる、何十年かあとの同窓会でさえ語り草になるだろうとほくそ笑みながら。それなのに、うすら笑いを浮かべて整列している同級生一同を台の中央から見渡した瞬間、彼は突然萎えた。しかしリーダーの心変わりとは無関係に、大音量の音楽はすでに始まってしまっている。

頭に黄色いバンダナを巻いて腰を振っている蜷川恵子の隣で、俊介はしぶしぶ踊り始めた。目の前には彼自身が作り出しただささい地獄絵図が広がっている。こんなことになる前にそもそも林間学校自体を多数決でつぶしておくべきだったのだ、河合俊介にとって胃に粘膜がつきものであることと同じくらい同学年の連中と多数決は切っても切り離せない、連中の本質は多数以外にありえない。そして今、多数派の皆が皆、痛恨の極みにある彼をいたわることなくそれぞれに顔を紅潮させ、笑いながら踊っている。ジャージー姿の先生方でさえ見よう見まねで踊っている。

ところが曲が後半に差し掛かり、二つ目のフォーメーションへの移行が済み、ヒップホップ調の動きに変わるところで、俊介の死んだ情熱に熱い息を吹きかけた者があった。（またあいつだ！）長いおさげ髪を顔の両脇に垂らした優子は、踊っていなかった。かっときた俊介は、すぐさまお立ち台から降りて優子を揺さぶりにいこうとした。全体を拒否する者はすべて彼の敵であり、今、彼の敵は彼自身、彼一人だけであるべきだった。（あいつはどうしても踊らなきゃいけない）俊介はその場に立ち止まって遠くからもう一度優子をよく見た。彼女はやはり踊っていなかった。充分に士気を高めた彼は再び走り出そうとしたものの、お立ち台は踊りの亡者のようになったダンス委員の汗ばみ躍動する体で塞がっていて、身動きがとれない。俊介は仕方なくひしめく亡者たちと共に踊り続けながら優子を凝視する。彼女はこの凄まじい熱狂のなか凄まじい勢いで踊っていない……その凄まじいまでの踊らなさは、奈落の底を照らす唯一の光となるどころかその醜さをますます助長している。

俊介はまもなく手を振るのをやめ、腰を振るのをやめ、ステップを踏むのをやめた。今、彼にはなんらかの元気づけが必要なのだ。それで彼は、すぐ右隣で踊っている蜷川恵子のジャージーパンツにぴったりと張りつめた尻をそっと後ろから愛撫してみた。激しく揺さぶられる尻は彼の指を芥子粒《けしつぶ》のように振り落とした。

動かなくなった俊介に、誰も気づかない。一同は夢中で踊り続ける。音楽が終わっても彼らは踊りをやめない。

うずくまった俊介は、お立ち台の委員たちに抱きつかれ押され踏みつけられ、みるみるうちに小さくなって、やがてそこから姿を消した。蜷川恵子の黄色いバンダナがほどけ、燃え盛るキャンプファイヤーのほうに飛ばされていった。

*

私大の法学部を卒業し都市銀行の窓口嬢として働くようになった優子は、休暇を利用して大学時代の級友と香港に旅行に行った。夜、特別おめかしして訪れたナイトクラブでも、彼女はもちろん踊らない。

踊りを断られた友達のひろ美は仕方なしに一人で踊り始める。すぐ隣に大きな男の体があるのを感じる。彼女の剝き出しの肩や二の腕にべたべた触ってから、男たちは数秒も経たないうちに入れ替わっていく。ひろ美は男たちの好きなようにさせておいた。この限られた享楽のためのひととき、この空間に共に存在しているすべての人々を、彼女は彼女なりに精いっぱい愛するつもりだったから。時折照明の閃光がフロアに突き刺さって、そこで踊る人間たちのすがたを銀色に浮かび上がらせた。その光景はどこかの美術館の片隅にある、誰も訪ねる者がなく、ただ顔のない彫像だけが立ち並ぶ静かな一室のようだった。

（ところで優子はどうしただろう）ひろ美は踊りをやめて、暗闇のなかで友達を探す。好き勝手に踊りまくる人々のなかを手探りで進み、どうやら壁まで行き当たると、左手を壁につけたままゆっくり歩き始める。もう一時間ほどもここで踊っていたはずなのに、一向に暗闇に目が慣れない。大音量の音楽に耳がどうかしてしまったから、目もおかしくなってしまったのかもしれない。

ざらざらと粉っぽかった壁の感触は、いつのまにかひんやりとした湿り気を帯びていた。ひろ美はその柱らしきものに手を当てたまま、逆側の手で器用にクラッチバッグからハンカチを取り出し、額の汗をぬぐう。そして冷たい柱にほてった体を預け、つかのまの休息を得る……するとその柱が彼女の名を呼んだ。

「なんだ、ここにいたの」

前日に女人街のナイトマーケットで一緒に購入したスパンコールのワンピースを着て、優子は恥ずかしそうに笑っている。

「踊った？」

聞くと、首を横に振る。

「あたしはたくさん踊ったから、もういい。帰る？」

耳元で怒鳴ると、優子はうなずいて同意をしめした。二人はナイトクラブからタクシーを拾ってホテルに帰った。

翌朝、ホテルの半地下にある朝食ルームで二人はだらだら朝食をとる。優子は部屋でおはようを言ったきりほとんど喋らず、その顔は別人のように白くむくんでいる。

昨晩は無理強いをさせてしまったかもしれない、この子は最初からあんないかがわしいところに行きたくなかったのでは？　あの約一時間の別行動は、この子の気後れから来たのではなく、抗議の表明だったのでは？　ひろ美は昨日の夕方に女人街の露店でスパンコールの衣装を見つけたときのやりとりを一言一句思い出す。こんな服を着て踊りに行ってみたくない？　彼女は思いつきでそう言ったのだった。すると優子は、そうだね、ここ、外国だしね、と返した。えっ、じゃあ行ってみる、そういうところ？　そういうところって？　踊れるところ、これ着て。そうだね、おもしろそう。えっ、じゃあほんとに行っちゃう？　このきらきらを着て？　ところでいくらなのこれ？　五十香港ドル！　てことは……すごい安いね!!

ひろ美はこの一連の会話のなかに自分の過失をどこにも見出せなかった。彼女はいくらか落ち着きを取り戻し、ナプキンを膝に敷き直して、目の前でおかゆのようにヨーグルトを啜《すす》っている友達に向かって微笑んだ。

「旅行も残すところ、あと一日だけになっちゃったね」

「そうだね、楽しいことはあっというまだね」

優子は覇気の感じられない笑顔を見せて答えた。その「楽しいこと」の内訳に昨晩のナイトクラブは含まれているのか、ひろ美はまたしても心配になった。その答えの如何《いかん》で、この旅行の合否のようなものが決定されてしまうような気がしたのだ。

「昨日、疲れなかった？」

優子はすぐに「全然」と答える、でもその返答の前に置かれた時間にしたら一秒にも満たないわずかな沈黙が、ひろ美の罪悪感をさらに際立たせる。

「ごめんね、なんか連れまわしちゃって……」

「全然、連れまわしてなんかいないよ」優子は微笑んだ。「楽しかったね、あそこ」

「本当？」

言ってすぐ、ひろ美は向かいの壁の鏡に映る自分の卑屈な笑顔に気づいて顔を赤らめた。優子は皿の上のバナナを取って、丁寧に剝き始めた。

「ねえ、優子……」

「何？」

「ごめんね、あたし、優子をほっといて、自分だけ楽しんじゃったかも……」

「ううん、気にしないで。わたし好きだよ。ああいうところ」

「そう？　……でも……」

「ひろ美がもう一回行きたいなら、今晩も行ってもいいよ」

「ううん、もういいったら……でももし優子が踊りたいなら、もちろん行くよ」

「わたしはいいの」

「どうして？　恥ずかしい？」

「ううん、恥ずかしいのとは違うんだけど……」

優子はきれいに剝いたバナナを一口かじって微笑む。そしてほとんど嚙まずに丸々一本食べてしまうと、今度はオレンジを手に取って皮を剝き始める。

ひろ美は今、目の前に座っている友人がいつになく、長い交際期間のなかで初めてと言っていいほど、何か繊細な、ごく個人的な、精神的な問題を自分に開示しかけているのだと感じとり、シリアル皿にスプーンをざくざく差し込み物思いにふけっているようすを見せた。そうすれば、相手の気が少しは楽になるだろうと思って。給仕の青年がやってきて、こんな仕事は不愉快でたまらぬというふうにどすんとコーヒーポットをテーブルの真ん中に置いた。それは二人がこのテーブルにつくなり媚びるような目をして近づいてきた彼に、「レイディース、コーフィー？　ティー？」と聞かれ、二人同時に「コーフィー」と答えた、そのコーヒーだったのに……ひろ美は体を揺らして去っていく給仕の後ろ姿を睨んだ。とはいえどんなにその仕事ぶりが雑であろうと、それが彼の選んだやり方ならばひろ美はまるごと肯定するしかない。それが彼女の、世界を愛する第一歩だった。

「優子、踊っても踊らなくっても優子は優子よ」

止めようもなく込み上げてくる、無愛想な給仕への、目の前で何かためらっている親友への、そして全世界に対する肯定感にびりびりと痺れながら、ひろ美は一言一言を逆に呑み込むようにして言った。

「あたし思うの、誰かがある特別な何かが出来ないっていうのも、何か特別なことが出来る才能と同じように、一つの才能だと思うのよ」

優子は指にオレンジの汁を滴《したた》らせ、まじめな顔で黙って聞く。

「だからそれを恥ずかしく思ったり、隠したりする必要はないんだわ……特別な何かが出来るからって、ひけらかしたり、自慢したりする必要がないみたいに……ただその人自身でありさえすればいいんだわ……世界はきっと許してくれる……だからあたしたちはなんにも難しいことは考えないで、ただ世界に向かって心を開けばいいのよ……ねえ……そう思わない？」

優子はあいまいに笑う。ひろ美は何か深刻な考え違いをしている気がしてならない、でもそれは同時に、優子自身の考え違いだったのかもしれない――どちらにせよこのとき、数年前に起こったちょっとした出来事が彼女の脳裏をよぎった。

それは世界的に有名なポップスターの訃報が伝えられた六月の朝のこと、優子は部屋じゅうの窓を開け放って出勤のための身支度をしていた。日焼け止めを塗ろうと水色の容器を振り出したところ、細い道を挟んで向かいに立っている一軒家の住人が、誰もが知っている死んだスターの有名なヒット・ナンバーを大音量で流し始めた。ストリップ姿で洗面所に立っていた優子は、奇妙な胸騒ぎを覚えた。窓を閉めにいこうとすると、いつもはなんのストレスもなく動く両足が、それとはわからぬほどの奇妙な小休止を挟んで一歩一歩前に進んでいるような気がした。優子は部屋の真ん中で立ち止まった。すると今度は肩のあたりに高熱の病人が水を求める疼《うず》きにも似た、激しい欠乏の感じを覚えた。その欠乏はやがて別のものに変わった。優子は肩の内部にたけのこのようなものを感じた。それは音楽に向かって恐ろしいほどの、ほとんど敵意と見分けのつかない欲望を見せた、まるで音楽を食い散らしてやろうと言わんばかりに、その凶暴なたけのこは優子の肩を突き破って外側に出ていこうとしていた。優子はたまらなくなって肩をぶるっと震わせた。彼女は小さく叫んだ。それに応えるように隣人が短い奇声を発した。優子の右足は斜め前に動き、左足がそれに続き、そしてすぐに右足が元の位置に戻り、左足もそれにならった。いつのまにか肩が順番に細かく上下に揺れていた。音楽は終わらなかった。手に持ったままの日焼け止めの容器を必死で握りしめ未知の動きを繰り返す四肢におののきながら、優子は突如、一つの可能性を感じた。「もちろんそうよ！」彼女は勝手に動き続ける体を無理やり長細い鏡の前に持っていった。鏡に映る化粧前の顔はばら色に染まっていた。彼女は待った、とても長い時間——その日、優子は銀行に遅刻した。

「マイケル・ジャクソンが死んだ年にね……」

彼女は言葉を選んで話し始める。でも目の前の女友達は自分の世界を愛することに精いっぱいで、相槌を打つこともままならない。話せば話すほど、優子は何かから遠のいていくのを感じる。優子はずっと、皿の上のバナナの皮を見つめている。ときどき爪で十字のしるしをつける。

朝食ルームに人はもう少ない。

＊

負い目のある友人との付き合いで社交ダンスクラブの体験レッスンに行ったときでさえ、優子は踊らなかった。

宴会でもディズニーランドでも、ポリネシアン・ダンサーが呼ばれた結婚式の二次会でも踊らなかった。

音楽が鳴り始めると、優子は微笑みを浮かべて目立たないところに立っているか、そっと一人で外に出て、静かに夜風に当たっていた。

＊

やがて優子は結婚して子どもを産んだ。奈緒子と名付けられたその女の子は、立てるようになると突如活発な性格を現した。言葉を覚えるのも早かった。体を動かすことが好きで、音楽も好きだった。となれば無論、踊ることも大好きだった。

初めてのお遊戯会で、奈緒子は誰よりも上手に踊ってみせた。父親は喜んで、この子をバレエ教室かフィギュア・スケート教室に通わせようと言う。

「でも、あんまり小さい頃からそういうことをすると、体を無用に痛めることになるから……」

中学校時代の同級生で、新体操の練習に熱中したあまりに重い椎間板《ついかんばん》ヘルニアを患った女の子がいたのが思い出され、優子は渋った。

「そんなこと言ったら、バレリーナは皆バレリーナになれないし、フィギュア・スケーターは皆フィギュア・スケーターになれないぞ」

四人の祖父母も、奈緒子のリズム感覚とのびやかな体の動きにすっかり心酔し、良い先生がいるというダンス教室のパンフレットをひと月ごとに送ってよこすようになった。優子は恐ろしくなった。この才能はいったいどこからこの子に宿ったものなのだろう、自分ではもちろんない、だとしたら夫から？　コップについだ牛乳を口からこぼさずに飲むのもままならない、昨日まで水牛か何かで今朝人間に姿を変えられたばかりだというような、何をするにも鈍重なあの夫から？

「お父さん、ナオちゃんはダンスが上手だって、先生がほめてくれたよ」

奈緒子は今、父親の膝の上に座ってご機嫌だ。

「でも全然ダンスしない子もいるの」

優子ははっとした。

「ダンスしないって？」

髪を引っ張られている父親は娘の体を膝から下ろし、発泡酒の缶に手を伸ばす。

「踊るのがやなの」

奈緒子はまるで自分のことのように顔を赤くして言った。優子はなぜかむっとした。

「どうして踊るのがやなの？」

「そんなの知らない！　ナオちゃんは踊るの好きだもん！　お父さんたかいたかいして！」

秋が来て幼稚園から運動会の通知が来た。年中組の演目に「親子ダンス」の文字を見た優子は即座に夫に頼む。

「あなた、これお願い」

「でも練習に出なきゃならないんだろう？　悪いけど無理だよ。きみ、頼むよ」

事実、夫は鈍重な人間なりに会社の仕事に忙殺されていた。練習は運動会までに二日ある。二日来られれば理想的、来られなくても必ず一回は出席して、練習にご協力くださいと書いてある。

仕方なく優子は二回あるうちの後のほうの練習に出た。一パート十数秒ほどの決まった振りを曲が終わるまで延々と繰り返すタイプのダンスだから、それほど難しくはない。誰にでも踊れることを想定して作ってある。優子は一生懸命にやった。とはいえやはり、音楽がかかってよその体がいっせいに動き出すと、動くことができなかった。

「お母さん、お母さん」

他の親子のように手をつないで仲良く踊りたい奈緒子が、顔を赤くして何度も優子の足をつねったり引っ張ったりする。それでも優子は踊ることができない。ふと顔を上げると、列の一番前で明らかに苦戦している母娘の姿が目に入った。母親は懸命に娘をリードしようとしているのに、娘が頑として動かないのだ。なだめすかして、つないだ手を使って操り人形のように上から一歩踏み出させようとしても、膝頭を摑んで床から持ち上げようとしても、娘は動かない。優子には奮闘する母親と動かない娘の不格好な背中しか見ることができないけれど、二人の幸福を信じることはもはやできない。

「ほらね、あの子、絶対に踊らないんだよ」

奈緒子が手をひっぱって優子に教えた。するとその声が聞こえたわけもないだろうに、当の本人がこちらを振り向いた。

「ねえお母さん、早く踊ってよ」

踊らない子どもは遠くから優子と奈緒子を交互に見つめている。途方に暮れたようなその小さな友達の眼差しが、優子を静かに勇気づける。

「お母さん、お母さん！　ねえ、お母さん!!」

「お母さんは踊らないのよ」

ちゅるんと生卵を飲みこむくらいの間があった。奈緒子は母親の手を離し、細い喉をひくひくさせながら、一人で踊り出した。疲労して汗をぬぐっていた前方の母親は再び踊らない娘の手を取り、虚しい奮闘を始めた。

傍らで踊りに没頭している愛娘の存在も忘れ、優子は拙《つたな》い動きを繰り返す先頭の母娘ばかりを見つめていた。やがていてもたってもいられなくなって、とうとう列からはずれて彼女たちの前方にまわった。壇の上で振り付けの指示をしているのはもう五十二歳になっていたあの木下先生だったけれど、踊らなかった小さな優子のことなどすっかり忘れていた。先生には踊りしかなかった。目の前に広がっている、先生自身が作り出したダンス、その過程、うねるような情熱、わたしがこの人たちを踊らせてみせる、躍動する大小の肉体、もっともっと幸せの上位へ、先生が生きているのはそういう世界だった。

母親にこづかれひっぱられ懇願されながらも、懸命に下を向いて床に踏ん張っている幼い受難者を、優子は感動に打ちひしがれて見つめた。彼女は一人で糸巻きをしているようにも、どこかに消えた眼鏡を探しているようにも見えた。やがて疲労と苛立ちの限界に達した母親が、最後の手段をとった。彼女は幼い娘の両脇に無理やり手を差し入れ、持ち上げ、音楽に合わせてその場でぐるぐると回転し始めたのだ。優子は走った、そして気づいたときには母親の腕から子どもをもぎとり、その遠心力を借りたまま思いきり子どもを床に転がしていた。「何するの！」すぐに母親の悲鳴が聞こえ、我が子の仇《かたき》とばかりに突き倒された優子は、子どもとは反対の方向に転がっていった。ぐるぐると優子は転がれるだけ転がった。壁にぶつかっても反対方向に向かって転がり続けた。そうなのよ、これがわたしたちのやり方だわ、優子は思った。キャンプファイヤーが、満天の星々が、ミラーボールが、スパンコールが、今になってようやく、彼女のためにきらきら輝き始めている。もっと音楽を、音楽を！　優子は転がりながら叫んだ。たまらなく愉快だった。

音楽が途絶えた。はっとして上体を起こすと、転げた彼女をよけた親子たちが、壁から花道のように一直線の隙間を作っている。でも今優子に必要なのは祝福ではなく音楽なのだ、早く音楽をかけて下さい！　叫ぼうとした瞬間、優子はその声を聞いた。

「どうして踊らないの？」

振り向くと、先ほど床に転がしてやった彼女の小さな友達が優子を見下ろしている。幼女の目は激しい怒りに燃えている。彼女だけでなく、集会室にいたすべての人が、大人も子どもも、優子を見つめていた。優子はもう一度転がろうとした。思いきり体を倒して、重心を移動させ、どこまでも楽しくぐるぐると……でもできなかった。埃にまみれた彼女の体は、置き捨てられた砂袋のように床の上に転がっているだけだった。

「どうして踊らないの？」

音楽が始まり、一同は練習を再開した。

優子はしばし呆然とし、やがて静かに泣き出した。

二人の場合

阿川実加と小山田未紀が出会ったのは二十二歳のときだった。

二人は同じ年に大手の肌着メーカーN社に就職し、都内百貨店での販売実習も含めた三ヶ月の研修期間を経て営業二課に配属された。実加も未紀もこの処遇にはとても満足しているとは言えなかった。二人とも少女時代から心に秘め続けた美しい婦人用下着に対する憧れと執着に生涯を捧げる覚悟でこの業界に入ってきたわけだけど、そういうものに売上目標とか小売店への販促営業が絡んでくるとなると話は別だった。

彼女たちの情熱はちょっと萎えた。つまり二人は企画部に行きたかったのだ。ただ決まってしまったことは仕方がない。泥道を伏して進むような就職活動の成果とはいえ、希望通りの企業に就職できたこと自体が恐ろしいほどの幸運だった。不平を口にすることは、それまで努力を積み重ねてきた自分自身に対する背信行為に違いなかった。それにすべての企業にとって営業の仕事は要《かなめ》だ、営業が汗をかかねば製品は売れない、苦労は買ってでもしろ。萎えた情熱を切り落として生まれた空白にそれらの言葉を詰められるだけ詰め、二人は意気揚々として営業二課にやってきた。

最初に弱気になったのは実加だった。

実加は二十ほど年上の男性社員の指導を受け、まずは二十三区西部の小売店を担当することになった。一月目の発注数は同期社員のなかで最も少なかった。最初はこんなものだろうとあまり気にせずにいたところ、二月目も三月目も同様に最下位だった。オフィスの壁には新入社員の営業成績を示すグラフが貼り出され、売上の一万円単位で赤丸シールが棒状に貼られていった。実加の成績が悪いのは誰から見ても一目瞭然だった。小中高を通して、五段階評価の通知表に3以下の数字を見たことがない実加は、かつてない屈辱を味わった。いったいぜんたい、二十一世紀にもなって、こんな旧時代的な棒グラフを貼り出して社員の闘争心や焦燥を煽ろうとするこの会社はなんなのだ？

実加は確かにあせっていた。人間の存在のあり方は時と場面によって様々なのだから、一つの面だけを可視化してそれを他人と比べて嬉しがったり悔しがったりすることなど本当に無意味だと思っていた実加でさえ、この結果にはあせった。そんな冷笑はしょせん、勝者の驕りだったのだ。彼女は自分が今、同じ課に配属された同期社員八名のうちもっとも自社製品を売らず、社の利益に貢献しなかった社員であるという事実を認めざるを得なかった。入社後の十二ヶ月間は固定給だったから、どれだけ稼いでも稼がなくても口座に振り込まれる給料は同じという点がさらに実加の自尊心を刺激した。実加はこの棒グラフを憎み、それを作るよう誰かに命じた上司を憎み、さらには上司の頭にそれらの必要性を認識せしめた会社の構造自体を憎んだ。でもこういった感情は今までこのN社に入社した何千何百という新入社員が味わってきたあまりに陳腐な挫折と屈辱でもあって、取り立ててうなったり叫んだりするほどの問題でもないことはわかっていた。自分は恐らく乗り越えるだろう、こつこつ地道に努力して、もう数ヶ月もしたら少なくとも下から数えて三番目くらいにはなれるだろう。だからしばらくの辛抱だ。とはいえここからが実加の一筋縄ではいかないところだった。実加はしつこく自問を繰り返した。自分は本当に「しばらくの辛抱」なんかに甘んじる覚悟があるのか？　地道な努力とやらでこの挫折を乗り越えたいと本気で思っているのだろうか？　あらかじめ用意されている筋書き通りに、白々しく？

　実加は売上報告書をエクセルファイルにまとめながら、己の人生について思いを馳せた。なんて人生、なんてなんて白々しい、あたしの人生！　金はあればあるほどいいと、実加は思っていた。でも金稼ぎのためにこれ以上つまらない人間になることは嫌だった。三ヶ月連続最下位という結果に動揺しみじめな気分になっている凡庸な自分に、心の底からむかついた。実加は自分を選ばれた特別な人間だと思うほどうぬぼれ屋ではなかったけれど、凡庸であったってまともに暮らせれば充分すぎるほどに充分だとも思っていたのだけれど、そのむかつきはただ椅子の上に座っているだけでみるみるうちに増幅した。画面に映るエクセルの灰色の升目《ますめ》は今この瞬間にも自分の無意識レベルに働きかけていて、升目の数だけせっせと無気力の種を植え付けているように思われた。ここにいては、ただでさえつまらない自分がさらに救いようもないほどつまらなくなってしまう。でも生きるとは、生まれつきの大金持ちでも天才でもない人間が自立して生きるということは、こういうことなのだ。生きている限り、こうやって金を稼がねばいけないのだ。結局、自分がつまらない人間であることを認めていく過程そのものが人生なのだ。腹立たしかった。怒るだけ無駄だとわかっていても、怒らずにはいられなかった。だから小売店の販売員と電話で話しているときにも、ドトールコーヒーでミルクレープを食べているときにも、八重洲の交差点で信号待ちをしているときにも、ラッシュ時の半蔵門線で奇跡的に前の座席が空いたときにも、実加は一人で怒っていた。

一方未紀は、そうとは知らぬ間に実加の憤怒に油を注いでしまった張本人と言ってもよかった。つまり、あの棒グラフの表を作ったのは未紀だったのだ。

実際課長から命令を受けたのは未紀の指導係の七尾さんだった。自分の仕事で手いっぱいだった七尾さんはその役目を当然のように後輩の未紀に丸投げした。模造紙とペンは、総務に行けばあるから。はい。簡単でいいから、こんな感じで。横に名前、縦に売上ね。はい。迷ったら声かけて。はい。

グラフを作れと言われたときには正直なんで自分がと思ったけれど、それだけ先輩に信頼されているのだと思うと未紀のやる気はめらめら燃えた。総務に行って模造紙と黒と青のマッキーペンを手に入れた未紀は、七尾さんから渡されたラフ案をもとにオフィスの隅でグラフ作りに取り掛かった。半時間も経たないうちに完璧なグラフが出来上がった。未紀はその出来栄えに自ら惚れ惚れとして、右隅に小さく自分のイニシャルを入れておいても許されるのではないかと思ったくらいだった。

毎週月曜日の朝にシールを貼る作業だけは七尾さんが担当したけれど、未紀は心を込めて作ったお手製の表が壁に堂々と貼られ、そこにひどく即物的な何かが表されていることに感激した。初めて会社の役に立ったという実感がわいた。彼女は会社の役に立ちたかったのだ。今は末端の名もなき一社員にすぎないけれども、これから少しずつ経験と精神的な強さを手に入れて、社をひっぱるとまではいかないまでも、何か新しいことを発信できるような人間になりたい、そう思っていた。営業部に配属されたことはもちろん不本意だったけれど、フレッシュなだけでほとんど実務をこなせない役立たずの自分に手取り二十万円近くの金が毎月支給されることが、なんだか申し訳ないくらいだった。

未紀は同期社員たちのなかでも特に来客数の多い店舗をいくつか任されていたから、一月目の成績は上から数えて二番目だった。ただ二月、三月と経つにつれ、成績は少しずつ落ち込んでいき、四ヶ月目の今では下から二番目になっていた。でも、あせらなくていい。この世にはうさぎタイプと亀タイプの人間がいて、自分は亀なのだから、亀なりにがんばればいい。かなりまずい状況だけれど、でもまだ、下がいるから大丈夫。棒グラフの表を目にするたびに未紀はほっとした。阿川実加の名前の上に貼られた六つしかない赤丸と、グラフの右下に鉛筆書きでごく薄く小さく入れたMのイニシャルが、疲れた未紀をそっと慰めた。


十一月の健康診断のとき、実加と未紀はペアを組まされた。仕事に支障が出ないよう、社員たちは二人一組になって順番に内科の問診や聴力検査を受けることになっていたのだった。

会議室で一通りの検査を終わらせたのち、二人はそれぞれのコートを着て外に出た。レントゲン技師の一団は機材を載せた車を社外の銀杏並木に横づけにして、そのなかで社員たちを待っていた。直前の採血のせいで二人とも顔色が悪く、口数が少なかった。だから車の前に並んで順番待ちをしているとき、「あたし、会社を辞めるかもしれない」と実加が唐突に言い出したのは、もちろん未紀を驚かせはしたけれど、それ以上に不遜で不躾《ぶしつけ》な印象を与えた。未紀は思わず周囲を見渡した。関係者は誰もいなかったから事なきをえたにしろ、社の敷地内と言ってもいいような場所で無防備にそんなことを口に出す実加には呆れた。呆れ驚きつつ、脳裏には瞬時にあの棒グラフのことが思い浮かんだ。未紀は「えっ、なんで?」と小声で聞いた。

「せっかく苦労して入った会社なのに、なんか虚しくなるんだよ。今も、なんであたし、こんなところに突っ立ってるんだろうって思う。銀杏並木がこんなにきれいで、体は若くて元気で、どこまでも歩いていけそうなのに」

「レントゲンの検査だからだよ。もうすぐ順番、来るよ」

「もともとこういう生活、向いてなかったんだと思うんだ。サラリーマンの生活。最近ようやく気づいた。あたしにはもう無理かも」

聞いた未紀の脳裏には、否定と引き止めの言葉が反射的に膨れ上がった。そのうち最も無難に思われた一つを彼女は注意深く口にした。

「でも実加ちゃん、まだ半年ちょっとしか経ってないよ。この段階じゃ何も始まってないよ、きっと」

「いや、あたしには、この段階で、何かがすごく終わっているという気がする」

実加の声は暗かった。未紀はその暗さにもう一段階深い暗さを感じ取り、始まったばかりの爽やかな午後を侵食されまいとして、「まあまあ、そんなこと言わないで、そのうちきっと何もかも良くなるよ」と無理やり話を終わらせようとした。実加はやめなかった。

「でもね、今ってきっと、新卒で希望通りの会社に入れる人ってすごくラッキーだと思うんだよ。あたし、ほんとにこの会社に入りたかったから、今こうやって働けて、すごくラッキーだと思う。そのラッキーは重々承知で、それを最高に幸せに感じるべきだって言われたら心からそうだなって思うんだけど、つまり幸運なことは幸福なことだってちゃんとわかってるんだけど、でも、本当のことを言えば、まったく楽しくない。電話で喋るのは苦手だし、お店の人たちには嫌われてる気がするし、売上もいつもびりっけつだし。企画部に行きたいって希望もあったけど、こういう毎日の延長に企画部があるって思っても、それが前ほどきらきらして見えなくなっちゃった。こういうのって、みんなに対して失礼だと思うんだ」

「みんなって……誰？」

未紀はおそるおそる聞いた。

「みんな……そうだね、例えばあたしが採用されて枠を一つ狭めたせいでこの会社に入れなかった人とか、今職がなくて困ってる人とか、それから、今の会社にいる人もそうだし、とにかく、みんな……」

実加はポケットに突っ込んでいた手を出して、胸の前できつく腕組みをした。ひどい仏頂面で、唇は針金で結ばれているかのように硬くこわばり、こめかみには薄く血管が浮き上がっていた。

「実加ちゃんて、真面目なんだね」

甘いな、と思いつつ未紀は言った。

「真面目じゃないよ、ぜんぜん。真面目な人は、黙って頑張ろうって思うだけだと思う」

「そういう人は真面目の真骨頂だけど、でもそれでも、実加ちゃんは真面目だと思うな」

「真面目でも仕事ができなきゃしょうがない」

実加は紺色のウールのコートをかき寄せ、再び手をポケットに突っ込んだ。そして前にある花壇の煉瓦《れんが》にパンプスの爪先をこすりつけた。白っぽく乾いた土が盛られた花壇には、「ベゴニア　シュウカイドウ科」と書かれた小さなプレートが突き刺さっていた。未紀は気を取り直して聞いた。

「でも実加ちゃん、もし会社を辞めたら、それからどうするの？」

「さあね。何して生活していこうっていう計画は、特にないな。こんな中途半端なところで辞めたら、正社員で雇ってくれる次の会社を探すのもきっと難しいだろうしね。

でも生きていくには、働かなくちゃいけないから。派遣会社に登録するとか、どこかの何かの職人さんに弟子入りするとか、そういう道になるのかな」

「ねえ実加ちゃん、そんなに早まらないで、ここで適当に頑張ればいいじゃん。せっかく会社に入れたんだし、先輩たちも優しいし。それにあたしだって、受け持っているところの発注がどんどん少なくなってきちゃって、それってたぶん百パーセント、あたしのせいなんだよ。もともとたくさん売上があったところなんだから。でも今のところ、あんまり気にしないことにしてる。運みたいなものもあるし、それがずっと続くわけでもないし、それはそれ、これはこれ、って感じ。そういう目先の数字より、あたし、いつかきっと企画部に入るときのために、仕事以外でもいろいろアンテナ張って、勉強しようと思ってるんだ」

「そうか、偉いな。仕事にやりがいを見つけられそうなんだね」

「やりがいっていうか……なんだろう、そんな立派なものじゃないけど、でもせっかく会社に入れたんだし、お給料に見合うような仕事ができたらいいなって思うよ」

「そうか。あたしにしたら、未紀ちゃんのほうがよっぽど真面目に思えるな……。この会社に給料泥棒選手権があったら、間違いなくあたしが優勝だよ。罪悪感感じてない選手権があったら、それも優勝」

「実加ちゃん、それはそれ、これはこれってことにしてさ、もうちょっと頑張ろうよ。

だってほんとに、まだ半年なんだし、年末商戦だってあるんだしさ。同期の子がこんなに早くいなくなっちゃったら、やっぱり寂しいよ」

「そうだね、確かに、今年いっぱいはね……でもほんと、いつまでもいつまでもこうなのかと思うと、あたし、時々、泣きたくなる。会社にいるにしろ辞めるにしろ、死ぬまでこうやってちまちまお金を稼いで生きていかなきゃいけないんだと思うと」

車から二人の女子社員が降りてきて、なかに入るよう言った。彼女たちの会話はここで途切れた。入ってすぐに技師の助手がブラジャーを取るよう命じたので、二人はもぞもぞ服の下で手を動かした。先に検査室に入ったのは未紀だった。

冷たい板に胸を押しつけながら、未紀はさっきの一連の会話を頭のなかで反復していた。自分以上に強力な「それはそれ、これはこれ」方式を採用しているように見えた、成績最下位の割にはまったく縮こまるところがなくどこまでも毅然としているように見えていた実加なのに、心中はそれほど穏やかではなかったらしい。これまで何度か同期の社員たちと一緒に食事に行くことはあったけれど、彼らの前では実加は決して自虐的な態度を見せなかった。実加はいつでも堂々としていて、同期のキャピキャピした女の子とは明らかに距離を置いていて、佇まいは常にフェンシングの選手のようにクールな感じで、おしゃれなヘッドフォンを耳にはめてかすかに頭を揺らしながら出勤している様子などからは、さっき外で聞いたような心の内は到底想像できなかった。そういう実加が自分より下の成績に留まってくれているからこそ頼もしく思っていたところもあったのに、実加にもあれで、けっこう弱気なところがあるのだ……。

未紀は初めて、阿川実加という同期社員に共感らしき感情を抱いた。こんなに福利厚生の整った会社に入っておいて「何かが終わった」とか「泣きたくなる」とか言っているのは傲慢《ごうまん》すぎやしないかとは思ったけれど、それでも彼女は、採血の列に並んでいた三十分前よりもずっと、実加を近しく感じた。

検査が終わってカーテンを開けると、実加が不安そうに腕組みをして椅子に座っていた。レントゲン検査に怯えているようだった。外には誰も列を作っていなかったので、未紀は時間をかけてブラジャーをつけ直し、実加の検査が終わるまでそこで待っていた。

実加には三人の女友達がいた。

時代時代でほかにも仲の良い友人はいたけれど、二十二歳の時点で縁が絶えずに残っていたのはその三人だけだった。中学校の英語劇部の仲間で今は大学院に通っている一人、高校二年のときのクラスメイトで今は旅行会社で働いている一人、大学時代にアルバイト先の塾で知り合って、そのまま正式に塾講師になった一人。ただ実加はもともと社交的な性格ではなかったから、気づけば彼女たちとも疎遠になりがちだった。自分から食事や買い物に誘うことはめったになかった。幼少時から単独行動を好んだ実加は、大きな団体に入って交友関係を増やす努力など端《はな》からする気にならなかった。複雑でデリケートな問題を抱えたときも、実加が悩みを相談したいと思う相手は女たちではなかった。実加が全てをさらけ出せる相手は恋人だけだった。

実加には大学一年のときから付き合っている男がいて、それが彼女にとっては初めての恋人であり、同時に初めての親友だった。つまり実加は、彼を得るまで誰にも心からの相談ごとなどしたことがなかったのだ。実際実加は彼には何でも打ち明けた。身長体重も、朝昼晩の食事のことも、週ごとのアルバイトのシフトも、テストの結果も、両親とのぎくしゃくした関係のことも、遠縁の親戚間で起こっているらしい遺産相続騒ぎのことも、社会人になり規則正しい生活をすることへの恐怖も、その恐怖はたいしたものではなかったとわかった直後にやってきた新たな恐怖のことも。

会社を辞めようか悩み始めたときも、すぐに相談した。すると彼は、「よく考えて、実加の好きにしたらいいよ。俺は、実加の決めたことならなんでも、実加を応援する」と言った。「あたし、のたれ死んじゃうかも」実加が言うと、「そしたら俺が面倒を見る」と返してきた。実加は、どきっとした。今のはもしかして、間接的なプロポーズだったろうか？　いや、でも、ぎりぎりのところまでは、彼を当てにするのはよしておこう。実加にもいちおう、年相応の自制心のようなものはあった。それにしても、この人さえいればほかには誰もいらないなと実加は改めて思った。そして、人生のこんなに早い段階でここまで忠実で頼もしい伴侶《はんりょ》と出会えたことを天に感謝した。だからもう、実加には女の友達などいらなかったのだ。これからはなんでも最小限に生きようと実加は思った。最小限の人間関係、最小限の努力、最小限のお金、そしてそれだけ自由な心。必要以上の人間や努力や金との兼ね合いのせいで、自分の暮らしに無駄なへこみがついてしまうのはたまらなく嫌だった。結果的には思うようにいかなかったけれど、あの健康診断の日、未紀に「会社を辞めるかもしれない」と唐突に打ち明けたのも未紀に特別な思い入れがあったからではなく、退職までの第一のステップ「まずは同期の一人に打ち明ける」を実行したに過ぎなかった。

一方、未紀の人間関係の捉え方には、実加のそれよりもさらに入り組んでややこしいところがあった。大学時代はテニス部と管弦楽部の二つに所属していたから交友関係はかなり広かったけれど、そのなかに親友と呼べるような女友達は皆無だった。あえて作らなかったのだ。たいてい、自分と似たような姿形の四、五人のグループのなかに潜り込み、適当に交際していた。ただ、常に恋の話か食べ物の話か「不安でいっぱいのわたしの将来」の話ばかりしている女たちのなかで愛想笑いを続けているのも逆に彼女たちに失礼であるような気がして、徐々に距離を置いてしまうことのほうが多かった。ただ未紀には不思議と寂しがり屋のところがあって、一人でいるよりは誰かと一緒にいたほうが気持ちが明るくなったから、結局は元のグループに戻るか別のグループを見つけるかして、ごく浅い友人関係のなかに片足だけ突っ込んでおくような状態に落ち着くのだった。

友達を一人に限定するのは危険な行為に違いないと、未紀は子どもの頃から強く信じていた。というのも、未紀には小学四年生のときにそれまで大の親友だと思っていた女の子から突然無視され始め、クラス替えまでの約七ヶ月をクラス内で孤立して過ごすという苦い経験があったからだ。まったくあの子とは、一緒に『赤毛のアン』を読み、マシューおじさんが死ぬところで競うように涙を流した仲なのに、そしてアンとダイアナのように毎日手紙を交換し、永遠に「腹心の友」でいようと誓った仲なのに！　腹心の友に裏切られた経験は、脇腹にできた水疱瘡《みずぼうそう》の跡のように未紀の心に残った。その元親友が彼女を無視し始めたのは、その子が好きだった男の子に未紀が色目を使ったという誰かの密告のせいだった。色目を使うなんて言葉を小学生が使うことじたい未紀には驚きだったけど、実際それを彼女に教えた密告者の密告者ははっきりそう言った。以来未紀は女同士の友情を信じなくなった。本に書かれてあったアンとダイアナの美しい友情は唯一信じるに値するように思えたものの、ああいう友情が一九九〇年代を生きる日本の小学生にまで当てはまるわけではないということを、未紀は年の割に冷静な心の内で悟った。

心だけではなく、肉体的にも比較的早期に成熟していた高校時代の未紀は、信用できない女たちの代わりに年中男と遊んでいた。男のほうが信用できるというわけではなかったけれど、少なくとも女といるより楽しかった。都合のいいことに、未紀にはいつも言い寄ってくる男がいた。未紀は万人の目を引くような特別な美人ではなく、話上手でも聞き上手でもなかった。ただ胸がとても大きかった。そしていつもうわの空でぼんやりしている癖に、一度誰かに話しかけられると、まるで長年寄り添った恋人のように特別な親しみと懐かしさを滲《にじ》ませてじっと相手を見つめることができた。この女なら、どうにかなるかもしれない。未紀は、男たちがそのプライドをへし折られずに現実的な妥協を見出すことができる女だった。でも未紀が彼らに心から夢中になることは一度としてなかった。本当に好きになる男は決して未紀のほうには振り向かず、彼女はいつも片想いの恋ばかりしていた。

はっきり言って、未紀はかなりのロマンチストだった。いつか自分を完全に理解してくれる誰か、絶対に自分を最後まで裏切らない、心からの忠誠を誓い合える誰かが現れると本気で信じていた。それは明らかにアンとダイアナから受けた影響だった。一つ違うところがあるとしたら、未紀が待ち受けているダイアナは女ではなかった。どうせあれほど情熱的な忠誠心を持つのなら、相手は男がよかった。未紀はそこに男女間の純粋なロマンスを求めていた。いつかそういう腹心の友となる男と出会い、永遠に二人きりで、心から愛し合って共に生きる人生を未紀は本気で夢見ていた。

未紀のことをだらしない女だとかつまらない女だとか言う男もいたけれど、それは彼らが彼女にほんのひとかけらのロマンスも与え得なかったこと、何回一緒に食事をしても何回一緒に寝ようとも、腹心の友の候補者として壇上にさえ上がらせてもらえなかったことへの悔し紛れの遠吠えにすぎなかった。

入社後一年が経つと、実加と未紀は本格的に、課の落ちこぼれ組として周囲にも認識されるようになった。

何か二人組での作業が必要になるときには、必ずペアにされた。そうでなくても二人はなんとなく同じ時間に休憩し、同じ時間に出社し、同じ時間に退社するようになった。二人ともそこに強い結束を感じていたわけではないけれど、少なくともある共感が自分たちを仲介していることには気づいていた。二人が互いを好ましく思ったのは、相手の声のトーンが周りより一段低いことだった。それだけで一緒に行動するには充分な理由だった。そして気づけば誰の目にも明らかなことに、実加と未紀の二人組は同期社員たちのなかで完全に浮いていた。もともと出世欲のない二人が徒党を組んでさらにやる気を失くすという一番悪いパターンだった。部内で忘年会や懇親会が開かれると、必ず二人は末席のまた末席に隣り合って、そこそこ盛り上がりはするもののどこまでも形式的な宴会の様子をおもしろがっていた。

一緒にいる時間が増えるにつれて、二人の共通点はいっそう露わになっていった。第一に二人とも背恰好が似ていた。身長はミリ単位まで同じだったし、実加のほうは二キロから三キロの幅で頻繁に太ったり痩せたりを繰り返していたけれど、外から見た感じでは二人ともだいたい同じくらいの目方に見えた。茶色く染めて前髪を斜めに流した髪型も似ていたし（ただし流す方向は逆だった）、二人とも完全なドトールコーヒー中毒で、会社の下に入っているドトールコーヒーの宮田という若い店員が淹れるブレンドコーヒーMサイズが世界で一番おいしいコーヒーだと信じて疑わなかった。二人共通の夢はどこかの高い山の上で満天の星空を眺めながら宮田の淹れたMブレンドを飲むことだった。通勤圏内の和光市と船橋市にそれぞれ実家があったにもかかわらず無理して一人住まいをしていることも、通勤電車のなかでは必ず吊り革の輪を少し回してから握る癖も、海外の音楽に興味が向き始めた高校生の頃、当時すでに終焉を迎えていたブリットポップブームの残り香に反応して足しげくレンタルCD屋に通っていた経験も同じだった。オアシス、パルプ、スウェード、スーパーグラス、音楽雑誌のバックナンバーに紹介されていたメジャーなバンドは一通り聴いてみたけれども、二人は特にブラーが好きで、そもそもその四人組のスマートなルックスに惹かれてファンになったにもかかわらず、いかにもアイドル然としたデーモン・アルバーンではなく断然グレアム・コクソンファンだったことも共通していた。

　初めて呼ばれた結婚式で着るワンピースを一緒に選んでほしいと未紀が実加を誘ったのをきっかけに、休日、二人は連れだって出かけるようになった。実加の恋人は仕事で土日がなかなか休めなかったし、未紀は性欲が強すぎる恋人と週末を一緒に過ごしたくなかった。

　実加も未紀も、大きな百貨店でゆっくり服や靴を見てまわるのが好きだった。二人とも身の丈に合わない贅沢はしない主義だったけど、身につけるものについての審美眼はなかなかに厳しかった。無理のない価格でなるべく品質の良いものを買って、それを長く着た。特に下着類に関しては決して安物買いはせず、専門店でじっくり選んで購入し、身につけるたび一回一回丁寧に手洗いをして大切に着た。だから店に入って真剣に何かを探すときには、余計な口は利かなかった。本当に迷ったときだけ、互いの意見を聞いた。大方こっちを指さすだろうと予想していたほうとは逆のほうを相手は指さしたけれど、実加も未紀も三度に一度は互いの感性を信じてそちらを買った。そうやって二人は少しずつ、それまでは手に取らなかった新しい形や色に開眼していった。店のなかではどこまでも寡黙で真剣な二人は、「これかわいくない？」「かわいい！」式の会話をする女たちが店に入ってくると、顔を見合わせることもなくそそくさと店を出た。

「ああいう人たちは、いったんミーアキャットの家族に入らせてもらって、かわいいってことがどういうことだか一から勉強してくれればいい」

一度、出てきた店を振り向いて実加が苦々しげにそう言ったとき、未紀はごもっとも、と思った。

身につけるものに関してはそれなりの意見を持っている二人だったけど、味覚となるとかなりとんちんかんだった。味の素を振りかけるか油で揚げればたいていのものはおいしくなると信じていたし、外食するときには出した金相応のそこそこおいしいもので腹が膨れれば満足だった。仕事の日もそうでない日も、昼食時になると二人はドトールコーヒーでその時々のミラノサンドを食べるか、夜は居酒屋になるような安い定食屋で食事をした。松屋や富士そばやはなまるうどんにもよく行った。

そうやって一緒の時間を過ごすうち、さらに鮮明に浮かび上がってきた共通点があった。互いが互いの鏡となって、二人とも今さらながら、自分が紛れもない女嫌いであるということを発見したのだ。女の集団の笑い声を耳にしたり、女子トイレの縦列と化粧直しの横一列を目にすると、瞬時に吐き気ともめまいともつかない不快感を覚えた。本屋の店先で雑誌を立ち読みしている女たちの姿を目にすると、二人の目には積み台がリンチされている亀として映った。ガラス張りになっているカフェのテーブルに女たちがびっしり並んでいるのを通りから見ると、首都高からブレーキのいかれた四トントラックを呼び寄せたくなった。そのくせ電車のなかで雰囲気のあるかわいい女の子を見つけると、思春期の少年の臆病さと熱心さで、じっと見入ってしまうのだった。

二人が買い物に出かける百貨店にも喫茶店にも野外広場にも、行く先々に女たちはいた。いたるところに常にたくさんいた。二人は女の集団を見つけると、我先に、「ウエー！」「ゲロゲロ！」とか言って、ふざけた。ただし実加も未紀も、そういう女嫌いの自分たちが女の下着を女に売って日々の生活費を稼いでいるという事実を決して忘れてはいなかった。なおかつ、いくら下品な悪態をついたところで自分たちだって傍から見れば紛うことなきそういう女たちのなかの二人なのであり、目に見えるどの二人組と入れ替わっても誰も気づかない、まるで遜色のない二人組なのだということもよくわかっていた。そうなると事態はますます馬鹿馬鹿しく思えてきて、二人は笑った、笑いまくった、休み時間の中学生のように。

「女たちは、一人一人はきれいなのに、どうして集団になると、そうでもなくなるんだろう？」

ある休日、有楽町のドトールコーヒーで未紀が呟いた。阪急百貨店と西武百貨店をひと回りした帰りのことで、二人はそれぞれクリーム色と藤色のパシュミナストールを購入していた。未紀の視線の先には、結婚式帰りらしい女の五人組が座って談笑していた。

「あいつら全員、ゴッサムシティに輸送されればいい。一人残らず」

実加は伸びすぎた爪をいじりながら言った。

「ああいう子たちは、どういう下着をつけているんだろう？　どういう下着を作ったら、あの子たちをもっときれいにできるんだろう？」未紀は実加の悪態を無視して続けた、「下着で女の子たちを変えることって、ほんとにできるんだろうか……」

「未紀、そんなこと考えてるの？」

実加は驚いて顔を上げた。

「うん。あたしは時々、考えるよ」

「そう。真面目だね」

「あーあ、早く営業卒業して、企画部に行きたいなあ。来年あたり、行けるかなあ」

「頑張れば行けるんじゃない」

「実加はもう、企画部には行きたくないの？」

「そりゃ行けたら行きたいけど、あたしもう、会社に期待はしないことにした。給料は今のままでいいし、文句言われない程度にやってればいいやと思って」

時間近く立ち話をしてから、手を振って別れた。


「確かにあたしも、それはそう思う……」

「どんな会社でも、ゴッサムシティよりはましだから」

二人は同時にコーヒーカップを空にした。それから店を出て、駅の構内でさらに半時間近く立ち話をしてから、手を振って別れた。


ドトールコーヒーや高校時代の音楽の趣味を除けば、二人の好きなものはばらばらだった。嫌いなものだけが見事に一致した。ＪＲ、泡入りの飲み物、鳩、仏像、クロワッサン、空の写真、紅しょうが、それからもちろん女の集団、エトセトラ、エトセトラ。ところが幸か不幸か、男の趣味には少々似通うところがあった。

それぞれの恋人とは別に、実加と未紀には常に共通のお気に入りの男がいた。二人はそういう男を言葉巧みに誘って自分たちの仲間に入れた。男がいると、場がぱっと華やかになる。普段は殺伐としている二人の機嫌が良くなる。ある日そういう食事の席で、そのときの男が、「実加ちゃんと未紀ちゃんが誘ってくれるなんて、両手に花だよ」と言った。実加はすかさず「あたしたちはお花なんかじゃない、あんたがあたしたちのお花なんだよ」と答えた。

とはいえ一人の男が二人のお花でいられる期間は短かった。二人は定期的に男たちを取り替えたのだ。会社の先輩も後輩もいたし、百九十センチの男もいたし百六十二センチの男もいたし、ホストっぽい男もいたしホステスっぽい男もいたけれど、皆気が良くて優しい男ばかりだった。なかには恋人がいる男もいたし、実加と未紀のどちらかに好意を寄せる男もいた。男たちは、二人の前でどこまでも公平でなければいけなかった。恋愛を予感させる要素は多少あっても悪くないけれど（いやむしろ、二人ともそれを大いに歓迎していた）、あったとしても実加と未紀に正しく等分されていなければいけなかった。そして実加も未紀も、彼に対してまったく同じくらいの独占欲を持っていなくてはいけなかった。男が二人に注ぐ関心と優しさ、二人が男に抱く独占欲、その拮抗《きっこう》が崩れたときに二人は男を追い出して新たな男をどこからともなく見つけてくるのだった。結局彼らは、どこまでも彼女たちのお花でしかなかった。

一度、そういう男の一人が実加にだけ激しいアプローチをしかけてきたことがある。実加には彼氏がいる、あんたはあたしたちのお花に過ぎないと何度未紀が忠告しても、男はあきらめず実加にアタックし続けどんどん実加に嫌われていった。そのけなげさを傍らで眺めているうち未紀は徐々にその男が好きになっていき、恋と呼んでもいい状態に陥っていると気づき、実加との関係ももはやこれまでかと覚悟したけれど、未紀はあまりに男が好きになりすぎて、男の愛情の対象である実加のこともますます好きになった。するとどういうわけだか、いつしかその好意から男がすっぽり省略され、実加に対するよりいっそうの強い親しみだけが残った。このとき未紀の心にふと、もしかしたら自分はレズビアンなのではないかという疑いが芽生えた。

自分にごく親しい女の友達ができている、それどころか自分は積極的に彼女と一緒に暇をつぶしたがっているという現実は、十歳の頃から消えない暗い裏切りの記憶に照らし合わせてみると、どこか肯定しづらかった。未紀の心のなかでは未だに女同士の友情への失望と懐疑がしつこく尾を引いていたから、実加に対するこの親しみも、友情というよりむしろ男女間の愛情に近いものとして捉えたほうが自然であるような気がした。それに、どんな恋人といても実加と一緒にいるときのような気楽さを感じることはなく、世間の一部に対するふざけた態度を共有することもできなかった。彼らは若い女の集団を見ても大仰に口を押さえる仕草はせず、ＪＲのとてつもない組織感に恐怖を覚えることもなく、紅しょうがを皿の脇によけることもない。

実加と自分とのあいだにもしセックスというものが生まれたら、この関係は自分と男たちとの関係よりずっとずっと親密になり、それは自分が長らく求めてきたあの「腹心の友」との関係にも似たものになるのではないだろうか？　そう思った未紀は、試しに実加をそういうふうな目で見てみようとした。結果として、トイレの行列やオープンカフェの女たちを目にするときと同じような胸のむかつきだけが残った。同性愛にはいっさい偏見を持っていないつもりでいたけれど、自分にそういうことを当てはめてみると、やっぱり受け入れがたいのだった。

あたしの腹心の友はやっぱり男がなるべきだ。未紀は思った。命をかけて忠義を誓えるような人間関係は、恋愛のロマンスのなかにしかありえない。そして実加には今のところ、命をかけるまでの義理は感じない。

二十五歳のとき、実加は大学一年のときから付き合っていた男と別れた。男に別の女が出来たからだ。実加は怒り狂った。男の家の台所で始まった別れ話の中盤、沈黙が続いたところで実加は言った。あたし、あんたと結婚するつもりでいたのに。男は表情を変えなかった。それは俺も思ってたよ、こんなに長く付き合ったんだから。じゃあどうして？　男は答えた、人の気持ちって変わるから。

実加は怒り心頭に発し、三年前から心の防火金庫に頑丈な鍵をかけてしまっていた、とっておきの頼もしい言葉をここぞとばかりに男の前に振りかざした。

「でもあんた、あたしの面倒を見るって約束したじゃない！」

ぎょっとした男の顔を目にした瞬間、実加は激しい自己嫌悪に陥った。結局、自分もトイレに行列を作っている女たち、オープンカフェでだべっている女たちの一人にすぎないのだと、このときほど強く感じたことはなかった。今のはとても、未紀には聞かせられない言葉だ。実加は膝にエアガンを撃ち込まれたかのように椅子から崩れ落ち、あんたなんかいらないと叫んでその場を去った。

数日後、いくらか落ち着きを取り戻した実加は何度か冷静にやり直しを求めたけれども、男は頑として拒否した。実加は心底彼を必要としていた、ところが残念なことに、彼のほうではもう実加を必要としてはいなかった。こうして実加と男の七年間は終わりを迎えた。実加はあまりの衝撃で、七年前より以前の記憶まで一時的に失くした。とにかく実加の人生のすべてがその男との関係のもとに成り立っていた。彼なしの人生など考えたこともなかった。なんでもかんでも最小限を望み、それを実行してきた実加の人間関係から男が去っていった今、残されているのは未紀しかいなかった。でも実加はその肝心の未紀にさえ、しばらくこの失恋話を切り出せずにいた。自分のことでショックを受けてほしくなかったし、無駄な心配をかけたくなかった。それに時と場合によっては自分以上に辛辣《しんらつ》なところのある未紀に、白々しい慰めの言葉を口にさせるのは忍びなかった。

長年の恋人を失ったことで、実加は二十五歳という若さにもかかわらず、結婚という選択肢まで永遠に失ってしまったような感覚に陥った。あたしはこの先ずっと、結婚なんかしない！　去っていった男とその新しい相手に向かって声なき宣誓をしたのち、実加は仕事に邁進《まいしん》した。朝も昼も夜もがむしゃらに小売店を回り電話をかけまくり、少しでも手が空けば実地に赴いて販促活動に励み、小口ではあるものの次々に発注を勝ち取っていった。その結果成績優秀者として月末の定例会で表彰されるようなことはなかったけれど、それまでの数年間のように未紀と最下位争いをするようなことはなくなっていた。

　そしてちょうどこの頃、実加と未紀は会社の同僚の結婚式によく呼ばれるようになった。二人は仲良くなり始めた頃に互いに見たてあったワンピースを着て出席した。結婚式のあとは、たいていすごく疲れた。二人とも邪気のない明るさやおおっぴらな幸せの雰囲気に慣れていなくて、ひどく消耗した。

　披露宴や二次会のあと、彼女たちは人の流れには乗らず最寄りのドトールコーヒーに寄って、その日見たことを答え合わせでもするようにいちいち照合していく。そして旦那さんの印象を話し合う。ほんと、旦那さんって、スポーツマンばっかりだよね！　今日も！　このあいだも！　そう、新婦側の友人として二人が呼ばれる結婚式で新婦の手を引いている新郎は、必ずと言っていいほどスポーツマンだった。がっちりしていて、かつてアメフトかサッカーか野球の捕手をやっていて、短髪で、森のくまさんのように穏やかな顔をした、健康そうな新郎たち。

　未紀が実加の失恋を知ったのは、青山の式場で行われた披露宴のあとに立ち寄ったタリーズコーヒーでのことだった。近くにドトールが見つからなかったから、仕方なかった。この日式を挙げたのは同期社員の一人だった。

「どうしていつも、夫はおんなじ顔なんだろう？」

未紀は飲み慣れない味のコーヒーをすすって言った。

「そうだね。新婦さんはみんな違うのにね。みんなそれぞれにきれいなのにね」

実加は薄いパールピンクにマニキュアをした爪の先で、ソーサーの端をこつこつやっていた。前日、未紀が塗ってあげたのだ。未紀の爪は鮮やかなフューシャピンクだった。はみ出すと目立つので、塗るほうの実加はあんたもパールにしろと言ったけれど、未紀は一歩も譲らず塗り手の神経をくたびれさせるその派手な色を塗らせた。

「ああいう旦那さんは、どっかの山奥の工場で、人形焼きみたく大量生産されてるに違いない」

「かもね」

「それか、太平洋ベルトの工場で……」

「そうだね」

「実加、ほんとぐったりって顔してる」

「うん」

「あたしも、ほんとぐったりだよ」

二人はしばらく黙ってコーヒーを飲んだ。実加が突然、「あたしはたぶん、この先一生結婚しない」と言った。そのタイミングと口ぶりは、いつかと同じでやっぱり不遜に不躾な感じだった。

「どうしたの、急に」

未紀はびっくりして、カップを置いた。

「もう本当に決めた。あたし、一生結婚しない」

「なんで？」

実加はここでようやく、七年来の恋人との別れを未紀に告げた。彼との最後の話し合いから、もう三ヶ月近くが経っていた。話の途中から未紀の顔は青ざめ始め、珍しくおろおろしたようすで、「ごめん、あたし、ぜんぜん気づかなかった」と謝った。

「別に気づいてほしいわけじゃなかったし、いいよ」

「でもあたし、そっちのほうはうまくいってるものだと勝手に思い込んでて、最近は、彼氏が元気かどうかも聞かなかった」

「別にいいんだってば。気にかけてくれたところで、たぶん何も変わらなかっただろうから」

「でも……」

未紀は言いかけた。あたしたち、友達でしょ？　なんで言ってくれなかったの？でも未紀は、その最初のほうがどうしても言えなくて、あとのほうだけ言った。

「なんで言ってくれなかったの？」

実加は、ん、と首をかしげてちょっと笑ったけれど、すぐにうつむいて、それきり何も言わなかった。

「あ、でもあの人、確かにスポーツマンって感じじゃなかったもんね。あの人は、大量生産じゃなくて、ハンドメイドって感じだったもん……」

未紀は慌ててそう言い足したけれど、実加は顔も上げなければ笑いもしなかった。

この失恋に際して実加はもう何十回となく泣いていたけれど、男の前では決して涙は見せなかった。タリーズコーヒーの黒い合皮のソファの上でも、実加は泣かなかった。ただ、その晩家に帰って風呂の湯に浸かっているとき、少しだけ泣いた。未紀の言った通り、確かにあの人は、大量生産なんかじゃなかった、ハンドメイドの、この世でたった一人の人だった……。

それが実加が七年間の恋のために流した最後の涙だった。


実加と未紀はそれからさらに三年間、同じ職場で働いた。

休日には相変わらず一緒に出かけ、その時々のお花の男友達をもてなし、三角関係風のあやうさを楽しみ、飽きると別の男と取り換えた。その間実加は恋人を一人も作らなかった。良さそうな男を紹介しようかと頃合いを見て未紀が言い出すたび、実加は「そんなおせっかいはいらない」と怒り出し、「あたしはこの先一生、誰ともやらないんだ、もう一回処女になって、清く正しく生きるんだ」と息巻いた。

「でも実加、その年で尼さんになるのは早すぎるよ」

「だってあたし、誰ともそういう関係になれる気がしない。誰かともう一回、一から関係を作るっていう気力が、まるで残ってない」

「そんなに力入れなくたっていいじゃん。そういうのってたぶん、縁なんだから」

「縁なんて、そんなオカルトチックなものは、あたし信じない」

未紀は半分呆れて聞いた。

「じゃあ、この先出会う男の人を誰も好きにならないって、自信があるの？」

「もちろんあるよ。だってあたし、誰にも魅力を感じなくなっちゃったんだよ。ちょっと好きかもしれないと思っても、心底好きだとは思えない」

「ちょっと好きくらいでも、付き合ってみたらいいのに」

「未紀とは違う。こっちは好きでもね、あっちの人があたしを好いてくれるわけじゃないから」

「ああもう、実加とこういう話してると、どっと疲れる！　あたしになんて言ってほしいの？」

「別に何も！　あたしきっと、人生のなかでうまく配分するべきだった性欲とか恋する気持ちとかを、全部あいつにあげちゃったんだよ。だから仕方ない、自業自得。未紀、あんたも一生独身だったら、あたしと一緒の老人ホームに入居しよう。そこでパッチワークしたり俳句作ったり、人生の最後だけはけちけちしないで優雅に暮らそう」

　あいまいに笑ってごまかした未紀だけれど、こういうことに関しての実加の意地の張りようには理解しきれないところがあった。一生一人でいいなんて言うけれど、それはやっぱり寂しいんじゃないか、誰にも心からの忠誠を誓わず、誰にも全身全霊の愛情を捧げない人生なんていうのは……。つまり未紀は未だに、例の「腹心の友」なる男の出現を夢見ているのだった。

　未紀はおおよそ一年周期で、流されるままにかれこれ十人ほどの男たちと付き合っていたけれど、逆立ちしても心から愛しているとは思えない男たちと関係を持つのがそろそろ本格的に虚しくなってきていた。どの男にも「この人こそは」と思う瞬間が何度もあるのに、ただ一回の「なんか違う」の瞬間にすべてが覆《くつがえ》された。

　実加には内緒にしていたけれど、未紀はあせり始めていた。あたしの腹心の友は、一生を共に過ごせる運命の相手は、いったいいつ現れるのだろう？　未紀はとても長いあいだその人を待っていたのだけれど、今のところ、彼が現れる気配はどこにもなかった。

　二十八歳の終わり、未紀は会社を辞めた。

　未紀はすっかり疲れていた。営業二課で後輩の面倒を見ながらあくせく働いているうちに、企画部へ行きたいという入社時の強い情熱はすり減っていった。営業の仕事は営業の仕事でしかなく、それがもっと大きなプロセスの第一段階であるとは、もう思えなくなっていた。半期ごとの査定で何度か企画部への配属をほのめかされてはいたけれど、それは馬の鼻先にぶらさげられたニンジンでしかないこともわかっていた。社内競争も社外競争も年々激しくなる一方で、売上目標は容赦なく引き上げられ、達成されない月が続けば電話が契約社員と共用になったり、交通費の支給に限度額が課せられる。昔のようにそれはそれ、これはこれ、と呑気に構えていられる環境ではなくなっていた。入社一年目の売上最下位と入社六年目の売上最下位では、意味がまったく違うのだ。以前は上司や先輩から文句を言われない程度に売れればいいと思っていた未紀だけれど、この頃にはどれだけ一生懸命仕事に取り組んでみても三日に一度は会議室に呼び出され、売上不振の理由を自己分析させられた。

あの秋の日にレントゲン車の前で実加が言った、「いつまでもいつまでもこうなのかと思うと、あたし、時々、泣きたくなる」という言葉が、六年の時を経てようやく未紀の心に響き始めた。確かに、いつまでもいつまでもこうやって金を稼いでいかねばならないと思うと、泣きたくなる。それが当たり前の生き方なのだとわかってはいても、そうやって自立して誰にも迷惑をかけずに生きていける自分は幸運なのだと納得してはいても、途方もなく満たされず、みじめな気持ちだった。経験も貯金も洋服も靴も少しずつ増えていくのに、それだけ貴重な何かを失っているという後ろめたい感覚が常に心を曇らせた。一人でいるとき、未紀は暴食するようになった。クレジットカードを使って一日で何十万という衝動買いをするようになった。恋人をぶん殴るようになった。実加はそういう未紀の良からぬ変化に気づいていて、休みの日は日帰り旅行やケーキバイキングに連れ出したけれど、未紀の心はそう簡単には晴れなかった。一瞬晴れても、すぐに曇った。

ある休日恵比寿で映画を見た帰り、景気づけをしようという実加の提案で、二人は少し気取ったイタリア料理のレストランに入った。テーブルについてメニューを広げた途端、未紀は言った。

「あたし疲れた。会社を辞めようと思う」

実加は驚かなかった。ただ、「よく考えたの?」とだけ聞いた。

「うん、すごく考えた。ここ一ヶ月位、そのことばっかり考えてた」

「ちょっとは相談してくれてもよかったのに……」

「実加に言う前に、まずは、自分で考えようと思って。でもよく考えた結果、たぶん実加が何を言っても何も変わらないくらい、決心が固まっちゃった」

「そう。でも、そういうことなら仕方ないよ。確かに未紀、このまま働き続けたらどうかなっちゃいそうだもん」

「辞めていいと思う？」

「そりゃ、あたしにしたら、辞めてほしくはないよ。未紀がいなくなったら寂しいよ。でも、よく考えたんでしょ？」

「うん」

「じゃあ、止めない。未紀がよく考えて決めたことなら、あたしはなんでも、未紀を応援するよ」

「あたし、本当に疲れてしまった。こういう生活、向いてなかったって、今頃やっと気づいた。遅いよね。あたし、けっこう鈍い人だったのかもしれない。でもあそこで実加と一緒に働けてよかった。実加がいなかったら、もっともっとつらかった」

話の途中で未紀は泣いた、新入社員時代のぴちぴちにフレッシュだった自分のために。それから実加と一緒に食べた何百食というドトールコーヒーや定食屋や富士そばでの昼食のために、そしてこれから一緒に食べるはずだった、何千食という昼食のために。

丸六年間働いて、最後の数ヶ月をのぞけば特別贅沢な暮らしもしていなかったので、退職した時点で未紀の貯金は四百万円を超していた。

当時付き合っていた男は、彼女と結婚したそうなそぶりを見せていた。何かにつけて「俺たちが結婚したら……」「俺たちに子どもが産まれたら……」などと勝手に想像上の話を始め、二人の未来に彼女の意識を向けさせようとした。機嫌がいいときには未紀はそれらの話に適当に付き合ったけれど、そうでないときにはすべて無視した。特に機嫌の悪いときにははっきりやめろと言ったし、それでもしつこいときには二倍にやりかえされる覚悟で思いきり男の頬を平手で張った。しかしながら彼は辛抱強く耐えた。

会社を辞めたと報告すると、未紀はその場でプロポーズされた。こんな自分と結婚したがるなんてこの男は本当に馬鹿なんじゃないか、もしくは反対にものすごい策略家で自分を何かの罠にはめようとしているんじゃないか。未紀は疑った。でもその日から一日置きに花束を持ってきてプロポーズを続ける男を見ているうち、結婚とは結局そういうものなのかもしれないと彼女は考え直し始めた。馬鹿でも策略家でも、共に生きる相手を必要としているのだ。どんな人間であれ、多少の妥協を受け入れさえすれば、一人一人に見合う相手は必ずこの世に存在しているはずなのだ。自分が長らく夢見ていた完全無欠の腹心の友とは、やはりプリンス・エドワード島のグリーン・ゲイブルス周辺だけに存在するものなのかもしれない……ただ、十歳の頃からそうやって想像をめぐらし夢見てきたことで自分がここまで心強く生きてこられたのであれば、もうそろそろこのあたりで、その夢に報いてあげてもいいんじゃなかろうか？

未紀は男と婚約した。とにかく彼女は疲れていた。これからの長い人生を誰にも頼らずに生きていける気がしなかった。唯一気がかりなのは実加のことだった。

自分が結婚してしまったら、実加はどうなる？　余計に依怙地《いこじ》になるんじゃないか、身がよじれるほどすねるんじゃないか、本当に尼さんになっちゃうんじゃないか……自分が結婚したからといって二人の関係に決定的な亀裂が入るようには思えなかったけれど、未紀はなんとなく気が咎《とが》めて、実加に婚約の事実を報告するのを先延ばしにしていた。実加だけでなく、家族にさえ秘密にしていた。男は早く両親に会いたがったけれど、何かと理由をつけてそれも先延ばしにした。やがて未紀は、この結婚話に本格的な執行猶予を与えてみることにした。これまで一生懸命に働いてきたんだから、ここで一年くらい諸々の面倒なことから逃れて気楽に生きてみたって誰も文句は言わないだろう、そう思ってワーキングホリデービザを取得しオーストラリアに渡ることに決めた。

婚約した男には、結婚したらこういうことはできなくなるから、必ず戻ってくるからと、何度も言い聞かせた。実加に報告すると、「あんたがよく考えて決めたことなら、あたしは応援するよ」と、会社を辞めるときに聞いたのと同じ言葉が返ってきた。

渡航の一週間前、実加と未紀は以前結婚式に呼ばれた元同僚の新居に招かれ、一緒に出かけていった。

　夫婦には五ヶ月になる赤ん坊がいた。二人は交互に赤ん坊を抱かせてもらった。子ども好きの未紀は実加より少しだけ多く抱いた。中古のマンションをリノベーションした新居は、モデルルームのように洗練されていて清潔だった。でも決して冷たく気取った感じではなく、新婚夫婦の優しげな生活感もあった。二人の元先輩社員である真奈美さんは料理上手で、凝ったごちそうがたくさん出た。夫はもちろん、スポーツマンだった。二人はまたしても、幸せの雰囲気にあてられた。相変わらず慣れていない二人だった。

「真奈美さんみたいな、結婚してる女の人って、あたしたちのことどう思ってると思う?」

　登戸駅で帰りの電車を待っているとき、人気の少ないホームで未紀が聞いた。

「どう思ってるって?」

　どこかうわの空で、実加が答えた。

「つまり、結婚してる人からみたら、あたしたちって、こうやって、三十近くなって、独身でふらふらしてるあたしたちって、ちょっと気の毒に見えるのかな?」

「別に、気の毒には思ってないと思うよ。なんで?」

「でも、なんか……」

「なんか、何？」

「大学時代の友達なんか、じゃんじゃん結婚してるし、赤ちゃんがいる子もいるし……あたしなんて、仕事も辞めちゃったし、オーストラリアから帰ってきたあとだって、何するか全然決めてないし……」

「何、あんた、あせってるの？」

「あせってるのとは違うんだけど……」

うつむいた未紀の横顔をちらっと見ると、実加は少し考えて、早口で言った。

「結婚してる人たちからしたら、あたしたちってやっぱりちょっと違う種属に見えると思うよ。気の毒とかそういうんじゃないと思うけど……そういう人になったことないから、うまく言えないし、よくわかんない」

「でもきっと、うらやましいとも思ってるんじゃない？　こんなに自分のことばっかりにかまってられるの、独身時代だけじゃない？」

「まあね。でも人によると思うよ。家のこととか子どもの世話するのが好きな人もいるし」

未紀がそうだね、と答えたきり、二人はしばらく黙った。この話は終わったのだと未紀が納得しかけた頃、実加が突然口を開いた。

「昔の女の人たちに比べたら、今の女の人たちはずっと、いろんな生き方が認められてきてるってわかっててても、あたしは、時々、すごく息苦しい」

「えっ、何？　なんのこと？」

　未紀は実加の顔を見た。彼女はホームの向こう側にある、誰も座っていないベンチをじっと見据えていた。

「あたし、妹が二人いるでしょ。一つ下と、六つ下の大学生の。その一つ下のにこのあいだ聞いたんだけどね、うちの親、親戚の家から帰ってくるたび、二人に早く結婚しなさい、早く孫と遊びたいからって言うらしいの。特に一つ下のは、同じ相手ともう五年くらい付き合ってるから。きっとあたしみたいにさせたくないんだよ。学生時代から長く付き合って、だらだらしてるうちに最後には相手を逃しちゃうっていう……。でも親は、あたしにそんなこと一言も言わない」

「それは、実加が誰とも結婚しないって言い張ってるからじゃないの？」

「ううん、親の前ではあたし、ずっと黙ってるの。七年付き合ったあの彼と別れたことも、あれから二年くらい親には言わないで、結局妹に言ってもらったの。だからか知らないけど、親も変に気をつかって、あたしの前では、結婚のけの字も口にしない。そういうのが、却ってなんか息苦しいんだよ。今年のお正月に帰省したときも、それからさっき真奈美さんの家族といるときだって、あたしはずっと、誰かの披露宴のテーブルに居残りさせられてるみたいな気がしてた」

声の変化に気づいた未紀が再び実加の顔を覗きこむと、その目にはうっすら涙が浮かんでいた。それを見たとき、未紀はこの女友達を置いて自分一人だけが結婚することなど到底不可能だと悟った。あの殊勝な婚約者は、この瞬間に壇上から転落した。目の奥がじわじわ熱くなっていくのを感じながら、未紀は実加の肩を叩いて元気よく言った。

「実加、わかるよその気持ち。あたしたちは今でもずっと、披露宴のすみっこに座らされてる、哀れな人たちだよ。もしいつか結婚するとしても、あたしたちは、同じタイミングで結婚しよう。二人で、いっせいのせで、あっち側に行こう」

実加は手の甲で涙をぬぐい、強気な声で言った。

「言ったでしょ、あたしは一生結婚しない。決めたんだから。あたしを待つのなんか無駄だよ、未紀は遠慮しないで、いい人がいたらすぐ結婚したらいいよ、今の彼氏でも、あっちで出会ったかっこいいオージーの人とでも」

「かっこいいオージー？」

「トゥデイのこと、トゥダーイって言ったりする……」

「トゥダーイって言うの？」

「あたしの中学校のときの英語の先生、フォルジャー先生っていって、オーストラリアの人だった。でも先生、トゥダーイなんて、一度も言わなかった……」

二人は揃って涙をぬぐい、それぞれのポーチから手鏡を出して、頬にくっついた睫毛を指先でぬぐい取った。


未紀はオーストラリアに旅立った。

ビザの期限の一年いっぱいを過ごす予定だったところ、十ヶ月で引きあげてきたのは実加の結婚式に出るためだった。実加は結婚することになったのだ。

最初に電話でそれを聞いたとき、未紀は叫んだ。信じられなかった。だってあんた、結婚なんかしないってあれほど言ってたじゃん。

「そうなの。でも、することになっちゃったんだよ」

「なっちゃったってどういうこと？」

「それはその、なっちゃったとしか言いようのない感じ……」

「相手の人はどういう人？　何歳？　なに人？」

「三十六歳の、多摩の人」

「やだ！」

「なんで？」

「だって……どうして？」

式はその半年後に決まっていた。未紀は式に出たあと再びブリスベンに戻って残りの二ヶ月を過ごすつもりだったけれど、直前になって気が変わった。南半球での生活に突然飽きたのだ。未紀はその結婚式を機に完全に日本に帰国することに決めた。

式の数日前、実加は会社員時代の二人がささやかな贅沢を楽しみたいときによく行った、東銀座の喫茶店で未紀を夫に会わせた。二人はもう、籍を入れていた。未紀はひどく緊張していた。実加の夫だという人が、どうか自分の気に入る人であってほしいと思った。未紀が気に入らないからと言って、夫はそう簡単には取り替えられないのだ。

驚いたことに、というよりむしろ充分予想できたことではあったけど、現れた実加の夫はスポーツマンだった。それも、今まで未紀が目にしてきた夫たちの平均値のさらにど真ん中を射抜く、とてつもなく正当なスポーツマンだった。短髪で日焼けしていて胸板は厚く、眉毛は濃く短く目元の表情は温和で歯は真っ白。未紀は必死で笑いをこらえた。夫がつかのま席を外したとき、未紀はすかさず実加に、「あの人、どこの工場で見つけてきたの?」と聞いた。「意地悪言わないでよ……」実加は顔を赤らめた。

未紀が海外にいるあいだ、二人はあえて電話もメールもほとんどしなかったので、話すことはたくさんあった。未紀がオーストラリアに旅立った直後、実加は企画部への異動を命じられていた。企画部などとっくの昔にあきらめていた彼女は、営業部の万年平社員として理想の四割程度の会社員生活をまっとうするつもりでいたから、この突然の人事には驚いた。あれほど企画部への配属を熱望していた未紀のことを考えると、胸が痛んだ。あれからもう少し頑張っていれば、わたしじゃなくて未紀が行けたかもしれないのに、あのときわたしは、やっぱり彼女を止めるべきだったのかもしれなかった……。でも実加は、帰ってきた未紀の前ではそういう内心の呵責《かしやく》は一切口にしなかった。その代わり、異動してすぐの社外打ち合わせで知り合ったマーケティング会社の社員が夫となったこの人なのだということを、ふざけた言葉は使わず簡潔に説明した。

「付き合い出してから結婚を決めるまで、すごく早かったよ。結婚っていうのは、本当に、縁みたいなものなんだってよくわかった。昔未紀が言ってたことはほんとだった」

「縁は、オカルトじゃなかったでしょ」

未紀はできるだけ夫を視界に入れないようにして言った。

「そうだね。ほんと。でもあたしあの頃、最高にツンツンしてたから、そういうことがわからなかったんだよ」

「でもすごいね、実加、ほんとに結婚しちゃうなんて。電話で聞いたときから今まで、あたし、なんか信じられないよ」

「でもほんとだったでしょ。こういうのって、タイミングなんだね。うん。タイミングっていうか、運命？　待ってなくても、勝手にあっちからやってくるものだった」

その後も実加がひとさじの皮肉もない無難な言葉ばかりを使って二人の出会いから新婚生活の新鮮さや苦労なんかを語るので、未紀は途中から相槌を打つタイミングさえよくわからなくなった。そういう杓子定規な話し方はあまりにも実加らしくなかった。隣の夫から事前に一言一句を指示されていたんじゃないかと未紀はちょっと疑った。それとも実加はもともとこういう喋り方をする子だったっけ、いや、もしかして、喋っているのは実加ではなくて隣の夫だったりして？　とにかく気づいたときには実加の近況報告は終わっていて、今度は未紀が話をする番だった。

未紀はオーストラリアでの十ヶ月間に起こった出来事を話した。最初の二ヶ月をブリスベンの語学学校で過ごし、続く三ヶ月はシドニーの寿司屋で働き、次の五ヶ月をケアンズで添乗員のアルバイトをして過ごしたこと、日本に残してきた恋人とは渡航後一ヶ月もしないうちに別れてしまったこと。語学学校で知り合った年下の中国人や働いていた寿司屋の店長、それから海で知り合ったスペイン人と少しだけ付き合ってみたものの、期待していたような大ロマンスは訪れなかったこと。エアーズロックに行ったこと。バーベキューをしたこと。サーフィンやサイクリングをしたこと。足の小指の骨にひびが入ったこと、日焼けのせいで首筋にドングリ形のシミができて、六キロ太って四キロ痩せたこと。

「それで今は、誰かと付き合ってるの？」

実加は聞いた。ううん、未紀は首を振った。

「でも前の彼氏、未紀のことすごく好きみたいだったよね。一回会ったきりで、名前も忘れちゃったけど、あたしけっこう、あの人好きだったよ」

確かに、彼は気の優しい、人好きのする男だった。渡航後一ヶ月経って電話で未紀が婚約破棄を申し出たときには、回線が太平洋の海中で引きちぎれるんじゃないかと思うくらいに怒鳴って怒り狂ったけれど、オーストラリアまでわざわざ襲撃にやってくるようなことはなかった。結局そこまでの存在だったのだ。未紀は二十代最後の自由な時間を楽しんだ。それはもしかしたら二十代だけに限定されたことではなく、彼女の人生でもっとも自由な十ヶ月だったのかもしれなかった。

そうやって二人が近況報告をしあっているあいだ、夫は実加の傍らで大人しく話を聞いていた。彼はほとんど喋らなかった。わきまえてるな、と未紀は思った。「ちょっと散歩してくる」とかなんとか言って、この場に自分と実加を二人きりにしてくれれば、もっとわきまえていてよかったのだけど、夫はいつまでもそこを動かなかった。

途中実加がトイレに立ったとき、未紀はわざと夫に何も話しかけずにいた。自分が彼に気をつかわなければいけないのが癪《しゃく》だった。すると夫のほうが気をつかって未紀に話しかけてきた。「花がきれいですね」と。

「はい？」

「あそこに飾ってある、花が……」

夫は店の真ん中にある大きなテーブルに飾られた花瓶を指さしていた。大輪のダリアが二十本近くも豪勢に挿してあった。実加が帰ってくるまで、二人は無言でそのダリアの花瓶を見つめ続けていた。

戻ってきた実加はなぜだか言葉少なだった。そろそろ店を出ようかという雰囲気になった頃、全体のまとめとして未紀は言った。

「いろいろあったけど、行ってきてよかったよ」

別れた男と数ヶ月間婚約していたことは、結局最後まで言えなかった。


実加の結婚式で未紀はスピーチ代わりの手紙を読み上げ、その後得意のクラリネットで「マイ・ウェイ」を吹いた。

ピアノの伴奏は、以前二人のお花だったことのあるN社の後輩に頼んだ。中学生のときに個人レッスンを受け始め、中学高校時代は吹奏楽部、大学時代は管弦楽部でパートリーダーも務めていた未紀の腕前は、なかなかのものだった。吹き終わったあと、未紀はこわごわ花嫁姿の実加の表情を窺った。実加は静かに微笑んでいた。神々しいと言ってもよいくらいに厳かで、肌の内側から淡い光を放つような微笑みだった。微笑み返そうとした未紀の脳裏に、ここ数年来まったくその名前も顔も、そういう人がいたという事実さえ忘れていたのに、過去に一度だけ会ったことのある実加の昔の彼氏の顔が思い浮かんだ。七年間付き合った、実加がすべてをあげてしまった、ハンドメイドっぽかった、あの彼氏……あの人はこんなにもきれいな実加を逃した、いや逃げたんだったかな？　どちらにしろ彼はこの先永遠に実加の人生に関わることはできない、あの人が何をおいても手に入れるべきだったのは実加のこの笑顔以外に何もなかったはずなのに、それはもう、永遠にかなわない！　未紀は自分でも気づかぬうちに泣き出していた。顔を上げると、さっきまで微笑みを浮かべていたはずの実加が、自分と同じくらいの勢いで泣き出しているのが見えた。

かつて呼ばれた結婚式では、感激の涙を流す人々の脇で顔をこわばらせているだけだった二人が、そこで涙することはたまらない屈辱のようにも思っていた二人が、この日、このとき、どこかの秘境から連れてこられた泣き女みたいに激しく泣いた。

二年後の夏、実加は女の子を出産した。

実加は妊娠九ヶ月を迎えるまで産休を取らなかった。企画部では彼女のために派手な産休送別会が開かれ、早期の復帰を熱望されながら、実加はN社を一時的に去った。

正直、未紀が会社を去ってから、実加は自分一人だけがそこに残っているのがひどくつらくなって、真剣に退職を考えたことが何度かあった。ただどれだけつらくなっても、未紀のように暴食することもなければ誰かを殴りつけたいような気分にもならなかったので、自分はまだ大丈夫なんだろう、どうせ辞めるならそんなふうに追いつめられてどうしようもなくなった時点で辞めよう、と言い聞かせて終わるのだった。そうして企画部で必死に新たな仕事に取り組んだ結果、実加はいつの間にか後輩をひっぱる存在になっていた。新入社員時代の落ちこぼれ経験が大いに役に立った。どれだけ出来の悪い新入社員であっても、かつての実加の落ちこぼれかたとやる気のなさっぷりには匹敵しなかった。実加はそういう後輩に自分の経験を語り、それからここに至るまでの過程を語り、激励した。加えて彼女がチームの中心となって企画した、どんな派手な色のブラジャーも表に透けないキャミソールが大ヒットしたのが追い風となった。

そんなふうに夢中になって働いているうち、実加の周囲にはいつしか社内の女たちが集まっていた。女嫌いだった実加なのに、彼女に厚い信頼を寄せたのは主に女たちだった。そうやって女たちに頼られ、心配され、励まし励まされることが、実加には不思議と心地よかった。ただどうしてこの心地よさを味わっているのが未紀ではなくて自分なのか、わからなかった。

残業中、連れだって下のドトールに買い出しに行く若い二人組の女の子を見かけると、実加の目にごくうっすら涙が浮かぶことがあった。けれどもそれに気づく者は誰一人としていなかった。

三〇四五グラムの体重を持って生まれ、葉月《はづき》と名付けられた女の子は、一見して母親似だった。出産の最初から最後まで、夫が連れ添って実加に声をかけ続けた。すさまじい痛みの余韻とすさまじい喜びに、生まれたばかりの赤ん坊を抱かされても実加はしばらくろくに口がきけなかった。

出産後三日目に、未紀がひまわりの花束とお祝いの包みを持って様子を見に来た。

「痛かった？」

包みを開けながら未紀は聞いた。

「死ぬほど痛かった」

赤ん坊を抱きながら実加は答えた。

「やってるあいだ、どんな感じなの？」

「二十四時間マラソンの最後のほうを、百回ぶんつなぎあわせたみたいな感じ。武道館に入る前までのところね」

「へえ……」

「でも生まれたときは本当に感動したよ。これ以上ないってくらい。心底、生きててよかったと思ったよ」

「そっか」

「なんていうか……」

あの苦しみと喜びをほかのどんな言葉で表現すればいいのか、実加には見当もつかなかった。未紀は包みからピンク色のロンパースを出して、「似合うかな?」と赤ん坊の顔の下にそっと当てた。そして一緒に自分の顔を近づけて、「あたし、未紀だよ」と話しかけた。赤ん坊の視線は定まらなかった。

「こんなにかわいいの、ありがと、未紀。赤ちゃん、抱いてみる?」

「うん」未紀は手を差し出しかけたけど、「やっぱいいや」と手をひっこめた。

「なんか怖いんだもん、ちっちゃすぎて。もっと大きくなってから抱く。これ、どこに置いておく?」

未紀は恥ずかしそうに笑って、プレゼントを箱に戻した。

「ねえ未紀、あさってには家に戻るから、また遊びに来てね」

「うん」

「ほんとに、いつでも」

「うん」

「旦那も未紀に会いたいって」

「うん」

未紀の視線は生後三日の赤ん坊と同じようにゆらゆらとして定まらなかった。実加は静かにその表情を見守っていたけれど、あまりに未紀が黙りこくって微動だにしないので、心配になって、「未紀、疲れてるの？」と聞いた。

未紀は途端にはっとして、笑顔を浮かべた。

「ううん、ぜんぜん。出産の痛さってどれくらいだろうって、まだ考えてた」

「こればっかりは、やってみないとね。未紀、いろいろ鍛えておいたほうがいいよ」

「二十四時間マラソン、今年はよく見てみるよ」

「うん、見てね」

実加は笑ったけれど、何かすっきりしないものが残った。

未紀が手を振り病室を去るのを見送った数時間後、実加はようやく、自分も未紀も少し年を取ったってことだな、と認めた。

未紀はその頃、西新宿の高層ビルに入っている耳鼻科の受付で働いていた。オーストラリアから帰ってきたあと、通信講座で医療事務の勉強をして、なんとか得ることのできた仕事だった。そして夜は、クラリネット奏者として活動していた。実加の結婚式以来、十二歳から二十二歳まで歯ブラシやシャープペンシルと同じくらい毎日当たり前に触れていた、そのひんやりとして温かくもある木管楽器の感触が、今になって未紀に何かを激しく訴えたのだ。

未紀はまず唇にマウスピースを挟んでその微妙な感覚を取り戻すところから始め、初心者向けの教本で運指をおさらいし、個人レッスンに通い、そこの先生の紹介でアマチュアの小さな管弦楽団に入り、時々都内のイベントで演奏するようになり、さらにその楽団仲間の紹介で七人編成のジャズバンドに入り、学生時代の倍の倍もある激しい向上心をもってめきめきと腕を上げた。そして今では半ばプロのクラリネット奏者としてバーやレストランの片隅で演奏依頼をもらえるくらいの腕前になっていた。相変わらず恋人はいたりいなかったりしたけれど、それなりに満たされた生活を送っていた。過不足なく食べていけるだけの金は稼いでいたし、会社員時代の貯金はまだ半分くらいは残っていて、民間の医療保険にも入っていた。音楽に注ぐ尽きない情熱と、電気と水を自由に使え誰にも邪魔されないで眠れる自分の部屋があった。月に一度、生理前の数日だけはもやもやとした不安で気持ちが暗くなったけれど、その期間が終わればすぐに気楽な元通りの生活態度に戻った。

オーストラリアに渡って以来、未紀のなかには、誰に頼らずとも自分は一人で生活していけるという確信が生まれていた。それはまったく根拠のない確信だったけれど、それをなんとなく信じられるというだけでも自分は救われていると未紀は思った。疲れていたという理由だけであの気のいい男と結婚の約束をしてしまった自分が腹立たしかった。自分は明らかに、個人的な愛情を抜きにしてあの男に生活のすべてを託し、あの男の庇護下に入ろうとしていた……実際そんな必要は全然なかったのに。

男と別れたこと自体にはすっきりしていたけれど、自分のそういう弱気のせいで相手の時間を無駄にしてしまったことは、心から申し訳なく思われた。でもオーストラリアの乾いた空気を吸いながら、西瓜《すいか》のような腹をタンクトップから堂々とはみ出させて歩いているおばさんや、スーパーマーケットの駐車場で頭がとれちゃうんじゃないかと思うほど激しく体をうねらせギターで歌っている若者たちを毎日目にしているうちに、未紀は細かいことに囚われなくなった。これからは飢え死にしない程度に好きなことをして生きようと思った、だってこれはほかの誰のものでもない、自分の人生なのだから。実加の結婚をきっかけに日本に帰ってきた未紀は、その決心をうまく実行に移した。N社の社員としてあくせく働いていた頃の自分も嫌いではなかったけれど、今のほうがよっぽど自分らしく、人間らしくもある生活だと思った。収入は会社員として働いていた最後の年の半分以下に減ってしまったけれど、経験も貯金も洋服も靴も増えない代わりに、大切なものは何も減っていかない。未紀は自分が、うまくやったと思った。そう、ウェル・ダンだ。これでいい。

実加が結婚し、妊娠し、出産し、職場復帰し、家庭と職場で奮闘していた数年間、未紀は毎日生活し続けた。起きる、食べる、耳鼻科の受付に座る、食べる、耳鼻科の受付に座る、クラリネット、食べる、寝る。そのあいだにちょくちょく男の影が挟み込まれたけれど、風邪の一つもひくことはなく貧窮にあえぐこともなく、毎日が清々しい気持ちのうちに過ぎていった。

とはいえオーストラリアの乾いた空気も東京での気楽な日々も、未紀の心からそれまでの混沌と共に消し去ることができなかったものが一つだけあった。それは永遠の忠誠を誓い合えるたった一人の男についての、今となってはほとんど神話に近いような、少女時代からの変わらぬ幻想だった。

未紀は一度捨てかけたこの夢を、もう決して手放すつもりはなかった。未紀は生活を続けた。そして彼を待ち続けた。

五歳になった葉月は未紀のことをミッキタンと呼ぶようになった。

家に遊びに来るたび、ミッキタンは葉月の前でクラリネットを吹いてみせ、その陽気な音色で五歳児を洗脳しようとした。こうして彼女のうちに宿った小さな音楽の種が、何年後になるかはわからないけれども、例えばある日突然とてつもない悲しみが彼女を襲ったとき、静かに芽を出し花を咲かせ、彼女を支える何かになることを祈った。

　未紀はその頃さらにクラリネットの腕を上げ、耳鼻科での仕事はとことん省エネルギーでこなし、より多くの時間と活力を練習に割くようになった。年に二回大きなコンサートを開く大規模なアマチュア管弦楽団の楽団員となり、それと同時並行でいくつかのジャズバンドを渡り歩き、すでに何枚かのアルバム収録にも参加していた。

　ある土曜日の午後、葉月の前で「イパネマの娘」を吹いている未紀を見て、実加が何気なく言った。

「未紀の髪、ずっと短いままだね」

　オーストラリア時代以降、未紀は髪を短く切って、そのまま伸ばさなかった。毛先が肩につきそうになると、すぐにばっさりと切ってしまうのだった。

「うん。何、いきなり？」

　未紀はマウスピースを口から離して答えた。

「髪の長かった頃の未紀が、懐かしいなあと思って」

「そう？　長いほうがよかった？」

「短い髪の未紀を見慣れちゃったから、今長くしたらどうなるのかなあと思って」

「短いのが気に入ってるの。もうしばらく、伸ばさないと思うよ。実加は切らないの？　短い髪の実加、見てみたいな」

「あたしはたぶん、似合わないから……」

「そんなことないと思うよ」

未紀は再びマウスピースをくわえて、「イパネマの娘」の続きを始めようとした。実加は話を続けた。

「せっかくきれいな髪なのにもったいない。頭皮のオイルマッサージとかしてみたら？　あたし髪洗う前に自分でやってるの。ね、つやつやしてるでしょ？」

未紀は実加の頭を見て、「そうだね」と言った。

「それから爪も。せっかくそんなに長い指してるのにもったいない。ジェルネイルって昔に比べたらすごく安くできるんだよ。自分でマニキュア塗るよりもずっときれいだし、三週間くらいは、お米といでもどっかでひっかいちゃっても、何しても持つよ。ほらこれ、こないだやってもらったの。気づいた？　きれいでしょ」

未紀はまたもやマウスピースに触れかけた唇を離して、「そうだね」と答えた。

「それから目元の……」

「実加、どうしたの？」

未紀は完全に楽器を降ろして実加に向き直った。

「あんた、いつから美容研究家になったの？　そういう女おんなした話、あたしが興味ないの知ってるでしょ？」

「そりゃ知ってるけど、でも昔は今よりもっと、気ぃつかってたじゃない」

「昔はね。でも今は、できるだけ自然な感じでいたいの」

「そう……」

「何？」

「ううん、なんでもない」

「最低限の身だしなみはしてるつもりだけど」

「うん、それはすごくわかる。未紀はいつもちゃんとしてる」

「じゃあ文句なしね？」

「ん、文句なし」

それから未紀が再び「イパネマの娘」を吹き出すまでに、少しの間があった。二人は何か自分たちらしい、皮肉で笑える一言を付け足そうと頭をめぐらせていたのだけれど、その場にぴったりくる具合のいい言葉はどうしても思い浮かばなかった。


実加は出産後十一ヶ月でN社の企画部に復帰し、それから五年が経った今、部長代理のポストを与えられていた。

日中、葉月は保育園に預けられ、夕方から夜までは、近くに住んでいる夫の母親が面倒を見た。休日になると、実加は平日のぶんを取り戻そうと持てる母性を一度に発揮したけれど、葉月はいつもの世話役の祖母がいないとどことなくつまらなそうだった。母親だと認識される一瞬前の我が子のよそよそしい表情を目にするたび、今こそが辞め時かもしれないと何度となく思った。自身の小さな子どもをほったらかしにして、誰かの大きくなった子どもたちを日々元気づけ、慰め、叱責し、細々面倒を見てやっている自分に苛立ちを感じた。しかしそういう苛立ちを実加はどうしてか、夫にも同僚にも打ち明けることができなかった。

会社を辞めようと思うたび、実加は十五年前に初めてその思いが芽生えた日のこと、当時の自分が抱いていた失望と怒りの気持ちを思い出した。生きている限りこうやって金を稼がねばいけない、結局、自分がつまらない人間であることを認めていく過程が人生なのだ……。三十七歳になっていた実加は、二十二歳の自分が抱いたこの失望を、いかにも社会に出たばかりの若者の青臭い発言として笑えるくらいの余裕があった。でも十五年の時を振り返ってみると、実際の人生にはつまらない自分を嘆いているような暇はそれほどなかった。特に家庭を持ち、子どもを持つようになってから、実加は自身に向ける関心を徐々に失っていった。もちろん職場では立場というものもあったから、それなりの恰好をし、それなりの威厳のもとに部下をひっぱらなければいけなかったけれど、独身時代にはそれが生きる一つの原動力であったはずの、自尊心とか意地のようなものはどんどん薄くなっていった。それでも会社を辞めて家庭に身を捧げようという決心がつかないのは、薄まりつつあるそれらのものの最後の抵抗なのかもしれなかった。十五年前はまったく何者でもなかった、ただのひねくれものの新入社員でしかなかった自分が、今や人の妻であり人の母であり人の上司であるという現実を思うと、実加は心に一筋の爽快な風が吹き抜けていくのを感じずにはいられなかった。ほらね！　誰にともなく、叫びたいような気持ちだった。まったくこの誇らしさには、どうにも抗いがたい魔力があった。会社を辞めたとしても妻であり母であるという事実は変わらない。とはいえこの三つの役割を立派に果たしているからこそ自分は自分なのだと思うたび、しぼみかけていた自信が再び湧き上がってくるのを感じた。どれか一つでも手放してしまえば自分は再び何者でもない自分に戻ってしまいそうな気がして、身動きが取れなかった。しかし結局のところ、実加のたった一つの願いといえば、葉月がひたすら健やかに成長していくことだけだった。実際の行動にひどい矛盾があると自覚していても、生きていくのにそれ以外の理由がどこにもなかった。ほかに気がかりなことといえば、親と夫の健康のこと、それから、未だに独り身の親友の行く末のことだった。

家に来て娘の前でクラリネットを吹いている未紀を見るにつけ、実加は三十七にもなって予備校生のようにふらふらしている彼女が心配になった。もちろん未紀は予備校生などではなく、食べていけるだけの仕事を持ち、彼女なりに満足して暮らしている。それは重々承知のつもりだったけれど、やはり実加からすれば未紀は人生における重要な選択の瞬間から逃れ逃れ生きているように見えた。自分が心に抱えているやっかいな矛盾など、未紀はひとかけらも持ち合わせていないように見えた。加えてまったく恋人がいないわけでもなさそうなのに、未だに誰とも結婚しないのは不可解だった。でもその不可解さについて本人に明快な説明を求めることが、この頃の実加にはもうできなくなっていた。

オーストラリアから帰って来て以来、未紀は若い頃のように自分から進んで個人的な悩みを打ち明けなくなった。何を話していても、実際話したいことの七割くらいのところで口をつぐんでいるように見えた。その割合が最近はさらに減っていっている気がする。こっちが仕事や育児で手いっぱいになっているのに気をつかって、遠慮しているのだろうか？　ただそうではない別の理由があった場合を考えると、あまり根掘り葉掘り詮索するのも悪いような気がして、実加はなるべく未紀の個人的な生活には踏み入らずに今まで通りの友情を保つことにした。

それにしても、年を取れば取るほど、未紀が見た目にかまわなくなっていくのは少し残念だった。若い頃、色白の未紀は片時も日焼け止めクリームを携帯して離さなかったのに、オーストラリアから真っ黒に日焼けして帰ってきてからは、日中会うときもほとんど素顔に近かった。重ねた年齢が如実に首元や目元の皮膚に現れていた。かってはまめに美容院に行き染めたりパーマをかけたりしていた髪の毛も、手入れが面倒らしくいつも洗いっぱなしという感じで、昔は互いにマニキュアしあった爪も、今では何も塗らない。

そう考えてみると、若い頃の自分たちはけっこう女らしいことをしていたのだなと、実加は今になって可笑しかった。あれだけ女たちを嫌っていたのに、見るたびにゲロゲロ言っていたのに、本当に、あたしたちはそんなありふれた女たちのなかのありふれた二人でしかなかった。当時もそれはわかっていたつもりだったけれど、その認識よりさらに二割、三割増しで、自分たちは女だった。実加はそういうかつての女らしさを未紀に取り戻してほしかった。そうでもしないと、二人はいっそう隔たっていくばかりだ。もはやそんな女らしさを頼りにせずには、未紀との共通点を見つけることは難しかった。女たちが好む食べ物、美容、文化、生活スタイル、そういうものを通してしか、未紀とはやり取りのしようがないように思われた。

実加は未紀が家に来るたび、個人的な質問を浴びせる代わりにその種の話題をちょこちょこ吹っかけてみた。でも未紀はまるで乗ってこず、「興味ない」「知らない」とはっきり言うか、もっと悪いときには、ずっと昔に「かわいい」を連発して二人の買い物の邪魔をしたあの女たちに向けたのとまるきり同じ表情で、こちらを無言で見返してくるのだった。そんな未紀の顔を見ていると、実加はほとほと自分という人間が嫌になった。結局、自分がつまらない人間であることを認めていく過程そのものが、人生なのだ……。十五年前に自分の胸に湧き上がったこの青臭い諦念も、こういう場面ではまったく笑えなかった。

認めがたいことだったけれど、週末ごとに葉月にクラリネットを聞かせにやってくる未紀を迎えることが、実加にはだんだん苦痛になってきた。

北風が強く吹く晩冬のある夕方、線路沿いの細道を歩いていた未紀は、アイスクリームを食べている一人の女とすれ違った。

雪でも降り出しそうなひどい寒さだった。未紀は膝まで丈があるダウンコートを着て頭には毛糸の帽子をかぶっていた。そういう寒さのなかで、向こうから歩いてくる女はカーディガン一枚を羽織って長い髪を風にあおられ、アイスクリームのカップを片手で胸の高さに持ち、もう一方の手で持ったスプーンでちびちび大事そうに食べていた。バスの停留所の明かりに照らされたその女が、未紀には一瞬、実加に見えた。未紀は思わず彼女の肩を叩き叫び出しそうになった、さあうちに来て、こたつで一緒にアイスを食べようよ、うちはすごくあったかいし、チョコだってかりんとうだってあるんだから！　次の瞬間、角からサイレンを鳴らした救急車が現れた。すると未紀はそのなかに大怪我をした実加が乗っている気がして、アイスの女を一瞬で忘れその後を追うために駆け出しそうになった。

実加は一人ぼっちだ、夫も娘も部下もいるけれどあたしにはわかる、実加はあたしより、ずっとずっと一人ぼっちだ……。

女も救急車も去り、誰もいなくなった細道で、唐突に未紀は思った。実のところ未紀がそう感じたのはそれが初めてではなかったけれど、この夕暮れ時の細道では、それがかつてないほど痛切に感じられた。でも、だからと言って自分に何ができる？　憐れまれるべきは自分のほうじゃないか、こんな寒い夕方に、一人きりで、空腹で、誰も待っていない暗い部屋に向かって突っ立っている、この自分のほうじゃないか。

数日後、付き合っている男と表参道のカフェでコーヒーを飲んでいるとき、店のBGMからふいにブラーの「ユー・アー・ソー・グレイト」が流れてきた。曲が終わるまで未紀はずっと悲しい気持ちだった。未紀が考えていたのは自分の死後のことだった。もしあたしがあと五分後に死んじゃって、生前最後に聞いた曲が「ユー・アー・ソー・グレイト」で、もしそのことを葬式か何かのタイミングで実加が知ったら、実加はそれからこの曲を聞くたびにあたしのことを思い出すんだろう。そのとき未紀の頭に思い描かれた実加も、やっぱり一人ぼっちだった。夫の姿も葉月の姿もなく、実加はあの３ＬＤＫのマンションに一人きりだった。

最近、家に遊びに行っても前ほど実加が自分を歓迎していないことに、未紀は気づいていた。実加は自分に対して非常に気をつかっていて、必要以上に干渉しまいとする。誰と付き合っているのか、ちゃんと貯金はしているのか、昔のように気安くは聞かない。「ユー・アー・ソー・グレイト」が流れる表参道のカフェで未紀の向かいに座っていたのは妻子ある男で、未紀はそのことが少し苦しかったのだけど、そういう苦しい気持ちも実加とは易々と分け合えなくなってしまった。その男だけではなく、実は三年ほど前から、未紀が付き合う男は皆揃って既婚者だった。さらに悪いことには、そのなかにはかつて実加と未紀が遊び相手にしていたお花の男たちもいた。でも未紀は、そういう一連の恋愛事件のなかに生じる諸々の感情を一人でもてあましているばかりで、それを昔のように実加に打ち明けてみる気にはならなかった。自分とは違って実加にはもう、そんな暇つぶしをしている時間はないのだ。一方心のどこかでは、二人が二十代だった頃の、時には互いを本気で怒らせるくらいにまるで忌憚《きたん》のなかった会話の数々を恋しく思っていた。でも今は、それができない。未紀は、実加が自分の生活の表面下にあるものについて何か一つでもいい、質問してくれるのをひたすら待っていた。ところが実加は、絶対に質問しなかった。あたしはそんなのを待つかわりに、あの髪や爪の話をもっと真面目に聞くべきだったのだろうか？　頭皮マッサージをしたり、ジェルネイルを試してみるべきだったただろうか？

三十七歳の実加が何を考えているのか、何を言えば彼女を自然に笑わせることができるのか、未紀にはもう、わからない。最近の二人の会話といえば、もっぱら葉月に関することばかりだった。葉月という存在なしには、何も話すことがなかった。なんとかそれ以外の話題を作ろうと努力してくれる実加の言葉に、つい身も蓋もない返事を返してしまう自分の大人げのなさが、未紀は情けなかった。ところが、努めてさりげなくあろうとする声の調子とそれに反してどこか怯えているようなあの眼差しを前にすると、そんな返事をせずにはいられないのだ。

「友情に終わりってあると思う？」

せわしない交合を終えたあと、未紀は隣に横たわっている交際相手の男に聞いた。とあるジャズフェスティバルで知り合った、二つ年下の音響技師だった。

「どういう意味で？」

「男と女だったら、付き合って、結婚しても、嫌になったら別れるでしょ。どっちかが別れようって言うでしょ。それでさよならしたら会わなくなって、永遠におしまいで、そこでちゃんと関係が終われるでしょ。でも友達とは、そういうふうには終われない。何か問題があって、もううまくいかないなって思っても、なんとなくそのままにして、なんとなく疎遠になるだけで……一度友達になっちゃったら、永遠に友達っていうことで……」

「だから同性の友人は一生の宝だよな。女は裏切っても、友達は裏切らない」

「そう思う?」

「俺は友達を大事にしようと思うよ」

「あたしは、友情っていうのは、消えることもあると思う。そこにあったという事実は残るけど、友情が燃え尽きちゃうこともあると思う」

「誰のこと言ってるの?」

　はっとして、男の顔を見た。未紀はこの男と付き合ってもう一年近くにもなるのに、親友の実加の話をしたことがなかった。名前も、会社員時代に知り合った十五年来の親友がいるということも、まるで教えていなかった。


　実加は社内でほぼ同時期に産休をとり、ほぼ同時期に女の子を産んだ久留米さんという女性と親しくなった。

　久留米さんは実加より一年入社が早く、入社以来ずっと経理課で働いていた。偶然家が近所で、子どもの保育園も一緒だったから、自然と親しくなった。久留米さんを通して、似た境遇の何人かの母親たちとも知り合った。皆、産休をとり、今は元の職に復帰して働きながら子育てをしている女性たちだった。なかにはシングルマザーもいたけれど、話していて特別な感じはあまりしなかった。子どもが自分になついていない気がする、という実加の悩みに共感する母親はたくさんいた。せっかく母親になれたのに、今が一番かわいいときかもしれない小さな子どもと過ごす時間を削ってまで働く必要があるのかどうか、母親たちは常に自問しながら、それでも働いていた。経済的な理由、一個人の生き方としての理由、それぞれ理由はあったけれど、その理由を自分自身、それから周囲の人たちに納得させるのに、苦労を感じている人たちだった。

休日、実加はそういう母親たちの家に自分の子どもを連れて遊びに出かけるようになった。時には彼女たちを自宅に招いた。夫たちは夫たちで親しくなった。そうやって家族同士で交流するのが、思いのほか楽しかった。夫婦のあり方、親子のあり方は皆それぞれに違う。子どものお辞儀の仕方一つとっても、一つとして同じ家族はいない。でも、こういう人たちと自分たち家族が同じ時代に生きていて、自分たちが育てている子どもたちが何十年か後にこんなふうにまた別の家族を持って、それが気の遠くなるような未来まで脈々と続いていくのかと思うと、そしてその流れ全体を人類の歴史と呼ぶのかと思うと、今の自分の悩みなどまるで取るに足りないちっぽけなものに思えた。なんでもいい、ただ子どもたちを、自分たちにできる最善のやり方で、一人の人間として育てればいいのだ。それぞれのやり方で子どもたちを抱きしめ怒鳴り喜び苦しんでいる母親たちを見ていると、実加の肩の力は一気に抜けていくようだった。この人たちは敵ではない、何億何万という人類のなかでも特別自分と似通った境遇にある、それだけで充分慰めになり得る、貴重な仲間たちなのだという気がした。

「ほんとにあたし、久留米さんと知り合えてよかった」

ある日曜の昼、久留米さんの家の台所で一緒に塩焼きそばを作っているとき、実加は突然ほろりとしてきてそう言った。

「えっ？」

フライパンに油をひこうとしていた久留米さんは驚いたようすで手を止めた。

「あ、あの、つまりね、あたし、あんまり友達がいなくて……」

「そう？　三上さん、部の女の子たちに大人気じゃない。頼れるお姉さんって感じよ」

「でも、あたしほんとは、自分から輪に入って行けるタイプじゃなくて、久留米さんが声かけてくれなかったら、ほかのお母さんたちとも知り合いになれなかったと思う。もしそうだったら、きっと、相当きつかったと思うんです」

久留米さんはうん、うん、とうなずいた。

「旦那は優しいけど、なんていうか、うまく伝わらないときがあって……」

「そうだよね。確かに、いくら旦那が協力的だからって言っても、たぶん、このいろいろの気持ちを究極にわかってくれるのって、やっぱり母親同士なのよね」

「うん……」

実加はほっとして、ざく切りにしたキャベツをボウルのなかに入れた。リビングのほうで久留米さんの娘の美由ちゃんが泣きだして、夫たちが笑いながらなだめる声が聞こえてきた。「どうしたかな」久留米さんはタオルで手を拭いて、台所を出ていった。一人になった実加は、野菜を炒め、袋から麺を取り出し、カップ半杯の水と共にフライパンに入れて蓋をした。粉末調味料を取り出そうとして袋を逆さまにすると、それと一緒に小さな透明の袋も一緒に出てきた。紅しょうがだった。

実加は凍りついたように、テーブルに落ちた人工的なピンク色をじっと見つめた。遥か遠い彼方から、久留米さんの台所に立つ自分に向かって、何か不吉なものが近づいてきているのを感じた。最初、それは小さな点のようなものだった。やがて視力検査で見つめる一部が欠けた輪っかのように、目を凝らせばだんだんと、その姿形が鮮明になっていった。それは未紀だった。

未紀！　実加は心のなかで叫んだ。未紀、未紀、未紀は今どこで何をしてるんだろう？

未紀が家に来なくなって、もう三ヶ月以上が経っていた。以前は毎週末のように、少なくとも、二週に一回は必ずやってきたのに。

結婚した女の人って、あたしたちのこと、どう思ってると思う？　結婚前、二十代最後の日々のいつか、未紀にそう問いかけられたことを実加は思い出した。あのときは確かよくわからないと答えた気がするけれど、今になってみて、その答えがはっきりとわかる。今の実加が未紀に対して抱いているのは、同情でも憐れみでもない、うらやましさでもない、恐怖だった。未紀は自分を軽蔑しているのではないか、もしくは憎んでいるのじゃないかという、恐怖だった。実加はずっと恐れていた。それ以上嫌われまいとして、未紀には前よりずっと優しく接しているつもりでいたのに、特にここ数年は、未紀といるとどこか落ち着かなかった。いつもびくびくしていて、居心地が悪かった。彼女が家に来るたびに、自分たちの暮らしのなかに見えない文鎮が一つ一つ据え置かれていくようだった。そしてその文鎮が、家庭や職場でのちょっとした瞬間に浮き上がってくる幸福感をここぞとばかりに押さえつけた。でも実加はそれまでずっと、それらの文鎮と未紀の存在をできるだけ結びつけずに考えようとしていたのだ。でも違う、あれはやっぱり未紀なのだ。このささやかな幸福のなかであたしが完全に安らげないのは、未紀や、未紀に代表されるすべての一人ぼっちの女のせいなのだ。その証拠に今ここでも、未紀は紅しょうがになってあたしを脅かしにやってきている！

　未紀とはもう、会わないほうがいいのかもしれない。そう思った瞬間、それはこの上なく明快で簡単な一つの解決策であるような気がした。なんとなく没交渉になっているこの状態を保てばいい、一度何かを過去にしてしまったら、それは永遠に過去としてしか心のなかに存在できない。未紀は〝若い頃の友人〟だ。そういう優しく懐かしい名前を与えて、静かにアルバムに貼りつけてしまえばいいだけの話なのだ。

台所に久留米さんが戻ってきて、シューシュー音を立てているフライパンの蓋を取った。水分がぜんぶ飛んでしまって、麺はこげついていた。慌てて「すみません、ぼんやりしてて……」と謝ると、彼女は「ぜんぜん、焼きそばなんてどうにでもなるわよ」と笑って、菜箸で全体をぐるぐるかき混ぜた。実加は出来上がった塩焼きそばを皿に取り分けるのを手伝い、それをリビングのテーブルに運んでいった。上にトッピングされた紅しょうがを、実加は全部食べた。実加はもう、色が安っぽくて嘘っぽいからという理由だけで、紅しょうがを皿の隅に追いやるようなことはしなかった。

実加にはいまや、久留米さんのほかにもたくさんの仲間がいた。同じような悩みを抱えながらも、働き、育児をし、ようやく手に入れられたささやかな幸福のなかで、つかのまながらも心からの安らぎを得たいと願う、たくさんの仲間たちが。

その年の十二月、未紀から久々に実加の携帯電話にメールが届いた。所属している楽団がファミリー向けのクリスマスコンサートを開くから、よかったら聴きにきて、という内容だった。迷ったけれども、実加は夫の都合を聞いて、それから娘の希望も聞いて、みんなで行く、と返信した。了解。受付で名前言ってもらえれば、入れるようにしておくね。うん、ありがとう。楽しみにしてるね。葉月もミッキタンに会いたいって。

当日、実加は夫にも娘にもよそ行きの恰好をさせ、自分も髪の毛をホットカーラーで巻き、カシミアのツインニットに真珠のネックレスをつけて家を出た。途中花屋に寄って、奮発して一万円の立派なブーケを作らせた。それからデパートにも寄って、中身がぎっしりつまったドイツ製のシュトーレンを買った。

会場は彼女たちと同じような家族連れでいっぱいだった。若い頃の自分たちが見たらいっせいに「ウエー！」「ゲロゲロ！」と吐いて見せる真似をしたに違いないと、実加はどこか微笑ましく思い出した。女の集団だけでなく、自分たちは家族連れの集団も嫌いだった。ベビーカーを押して歩く母親たちが向こうからやってくると、自分は率先して道の反対側に逃げていったけど、未紀は赤ちゃんたちをじっと見て、「かわいい」と言っていた。ミーアキャットの家族にしか「かわいい」を認めないはずの未紀が。

コンサートが始まると、さっそくどこかで一人の子どもが泣き始めた。するとそれが呼び水になって、あちこちで子どもたちが泣き始めた。葉月は「赤ちゃん、うるさい」と迷惑そうな顔をしていたけれど、舞台の上の大人たちはかすかな微笑みを浮かべながら演奏を続けていた。黒いノースリーブのドレスを着た未紀は後ろのほうにいて、前にいるビオラ奏者たちの影になって姿がよく見えなかった。途中「金平糖の踊り」のなかで未紀のクラリネットソロがあり、実加は隣の葉月の耳元に「これ、ミッキタンが吹いてるんだよ」とささやいた。葉月は黙って、その音色に耳を澄ませた。

アンコールの曲が終わると、未紀は客席の全体を見つめ、そこに実加の家族の姿を探した。どれだけ目を凝らしてみても客席の人々の顔は皆同じように見え、知っている顔を見つけ出すことはできなかった。演奏中はずっと、どこかに座ってじっと耳を澄ませているであろう小さな葉月の顔を心に思い浮かべていたけれど、すべてが終わった今こうして客席を眺めていると、葉月もその両親も最初からそこにはいなかったのではないかという気がしてきた。

楽屋に戻ってみると、実加と葉月の名前で大きなブーケが届いていて、お菓子の包みまで添えられていた。未紀は実加の携帯電話に電話をかけた。呼び出し音が長く鳴った。切ろうとしたところで、突然電話の向こうに人々のざわめきが聞こえた。

「未紀?」

実加の声を、未紀は半年ぶりに聞いた。

「うん。来てくれた? お花とお菓子、ありがと」

「ううん、こちらこそ、呼んでくれてありがとう。葉月も楽しかったみたい」

「そっか、よかった。年の瀬に、わざわざありがとね」

「ううん、ぜんぜん」

少し沈黙があった。ほとんど義務感にかられて、「今、ちょっと時間ある?」未紀は聞いた。

「今?」

「うん。せっかくだし、ちょっとお茶飲まない? ホール出て道の向こうに、ドトールがあるから」

「そうね、せっかくだしね。未紀、すぐ出てこられるの?」

「ちょっと片づけて、すぐ行くよ」

「わかった。じゃ、先行って待ってるね」

「うん、じゃドトールで」

ドトールコーヒーに入ってきた未紀は、舞台で着ていたドレスの上に表面がけばだった藤色のストールを羽織っていた。奥の席に座っている実加に手を上げると、カウンターでブレンドコーヒーMサイズを注文してテーブルに向かってくる。待っていた実加は一人だった。旦那と葉月は向こうの公園で遊んでる。そう未紀に言った。

「久しぶりだね」

未紀は一口コーヒーをすすり、そのままカップの熱で冷えた唇を温めた。

「未紀がそんな恰好してるの、久々に見た。寒くない？　でもすごくエレガントな感じ」

「借り物だけどね」

未紀はカップを離し、胸の真ん中あたりの生地をちょっとつまみ上げて答えた。

「それに、未紀がお化粧してるのも、なんか新鮮」

「うん」

「コンサート、すごくよかったよ。葉月もずっと大人しく聞いてた」

「葉月、元気？」

「すごく元気。こないだ肺炎にかかっちゃって、ちょっと大変だったけど」

「小学校で楽しくやってる？」

「うん、楽しいみたい」

「旦那さんも元気？」

「うん、元気」

「そっか」

「うん」

「よかった」

「うん」

ミラノサンドのポスターが貼ってあるドトールコーヒーの両側の壁から、分厚い沈黙がガラスの扉のように迫ってきた。透明の扉は同時に二人のテーブルの両端に達し、彼女たちの眉間を結ぶ線上でぴったりと閉じた。

二人は目を合わせることなく、久々に向かい合っている互いの体の輪郭におずおずとした視線を沿わせていった。そうすることで、誰も傷つけることなく二人を隔てる沈黙を溶かすことができるかのように。

この沈黙に対して、二人はちょうど同じくらいの責任を感じていた。でもそれを何の屈託もなく破ることができるほど、二人はもう若くなかった。この頑強な沈黙を破るには、それなりの気力が必要だった。そしてもちろん、破るほうの者はそれ相応の痛みと疲労感を負うだろうし、破られるほうの者に尖った破片が突き刺さることは避けられない。二人はどちらにしろ嫌なものには違いないその痛みをなるべく先延ばしにしようと、視線をテーブル上のある一点に固定し、ここに来たことへの後悔の念に集中することにした。コーヒーは冷めていった。隣のテーブルの客が帰り、入れ替わりに若い女の二人組が座ってミルクレープを食べ始めた。

最初にあきらめたのは、未紀だった。

「実加、会わないうちにだいぶ変わったね。すっかり奥さんで、お母さんって感じ」

「そうかな。自分では、二十代の頃からほとんど変わってないつもりだけど」

「ううん、変わった。あたしの知ってる実加は、もっと神経質で、とんがってて、ちょっとひねくれてもいたけど、今の実加は、本当に安定していて、穏やかな感じ。顔に出てるよ。幸せなんだね」

「確かに幸せだけど、それなりに、悩みはあるんだから……」

悩みって、どんな？　この一言が、未紀には言えなかった。そんなことはもう、どうだっていい。未紀の興味はもはや、そんなところにはなかった。未紀はひややかな気持ちで心に呟いた。見て、この上品な恰好、あの苦しそうな首飾り、若い頃のあたしたちが見たらいったい何て言う？

頑強な沈黙を打ち破った者だけが味わう鈍い痛みと疲労感が、未紀のなかにゆっくりと広がっていった。でもその痛みと疲労は決して芯まで染み入ることなく、却ってある種の誇らしさとして彼女の心の内に凝っていった。目の前にあるこわばった実加の顔を見つめながら未紀は思った。この子はまともな人間入門か何かで一生のうちに手に入れるよう奨励されているものを全部手に入れちゃったから、それですっかり満足しちゃったんだ。この子はあまりに長いあいだ誰かと一緒にいたから、肝心なものをどっかに失くしちゃって、それを失くしたってことにさえ気づいていないんだ。

未紀はそのことをしごく残念だと思ったけれど、時すでに遅く、差し伸べられる手などとうの昔にすべて塞がっていた。

「あたしは相変わらず、ふらふらしてるよ。昼は耳鼻科で、夜とお休みの日はクラリネットで」

「結婚は、まだしないの?」

「誰もあたしに求婚しないもん」

未紀は笑った。実加にはそれがただの照れ笑いではなく、自分に向けられた冷笑であるように感じられた。最近、誰か付き合っている人はいるのか、その人はどういう人なのか、今こそ聞いてみるべきだろうか? でもそんなことにはもはや、実加の興味はなかった。未紀が誰と付き合っていようが、どんな生活をしていようが、実加にはもう、どうでもいい。未紀のストールは端が二ヶ所も破けているけど未紀はそのことには気づかない。ぱっくり開いた背中をさっきから向こうにいるおばさん二人が眉をひそめてじろじろ見ているけど、未紀はそれにも気づかない。

降りかかってきた沈黙の破片が自分には何の痛みも与えずにテーブルに落ちていくのを感じながら、実加は目の前の未紀の顔を見た。生意気だけれど繊細な、口が悪いけれど優しい、わたしの知っている昔の未紀は、もうどこかへ行ってしまった。過ぎ去った年月以上の何かが表れているそのひきつった表情を前にして実加は思った。この子は自らを自由な人間と称する人たち特有の冷淡さで、誰とも深くかかわらず誰の気持ちも思いやらずに、その代わり誰にも思いやられない生活のなかで生きることに、慣れきっちゃったんだ。この子はあまりに長いあいだ一人ぼっちでいたから、何か肝心なものを忘れちゃって、自分がそれを忘れてるってことにも気づいていないんだ。

実加はそのことを悲しく思ったけれど、彼女の人生に自分が関与できたのは若い頃のほんのわずかな一時期だけであって、引きのばしの余地などなく二人の関係はとっくの昔に終わっていたのだと改めて悟った。

同じサイズのコーヒーカップを二つあいだに挟み、実加と未紀は互いの顔を見つめ、同時に心に呟いた。

でも、いったいどうしてこんなことに？

二人がまったく同時にまったく同じ言葉を心に呟いたのはこのときが最後で、その後二度とは訪れなかった。

実加と未紀はそれぞれのカップに冷めたコーヒーを半分以上も残し、店の自動ドアの外で別れた。


彼女たちの関係はこの日を境に長らく途絶えたけれど、最後に互いに会ったのがいつのことなのか、実加も未紀も徐々に忘れていった。ただしそれはこの二人の場合に限ったことではなく、最後に会った日のことを一片たりとも思い出せない人々が、彼女たちの人生にはそれから数知れず現れた。

風

緑地の平屋に引っ越してきた姉妹を、町の人は誰も知らなかった。そもそも緑地に家が建っていることを知る人自体が少なかったし、なかに誰かが住んでいることを知る人はもっと少ない。

平屋は緑地の奥にあって、背の高いけやきやすずかけの木々に囲まれている。家のまわり全体が盆地のように少しくぼんでいて、雨が降ると湿気がたまってなかなか乾かず、夏になるとやぶ蚊がうようよ出る。冬のはじめには落ちた枯れ葉がつもりにつもって、ただでさえ背の低い平屋は木立のなかに沈没しているようにも見えた。年がら年じゅう朝でも昼でも暗いので、近づく人はいなかった。変質者が出るという噂もあった。

姉妹が越してきたのは春先のことだけれど、梅雨がはじまるころになってやっと、早朝の散歩老人と夕方の子どもたちが、長らく物置小屋かと思われていたその家に人の気配をかぎとった。

あの緑地に、家なんてあったっけ。

誰かがなかに住んでるんだよ。

緑地はみんなのものなんだから、誰かがひとりじめして住めるわけないでしょう?

近隣住民の誰ひとりとして、緑地が私有地であることを知る者はない。だからもちろん、越してきた姉妹が緑地の持ち主当人であることだって知らない。大昔に突然、そこにあった広大な空き地に植樹が行われ、芝生が敷かれ、遊歩道が作られた。ベンチや東屋《あずまや》や遊具のたぐいはまったくないから、公園という感じはしなかった。それで近所の誰かがなんとなく緑地と呼びだして、今でもその呼び名で通っているのだった。季節に一度、ポケットのたくさんついたユニフォームを着た作業員たちがトラックに乗ってやってきて、朝から晩までざくざくと剪定《せんてい》をして帰っていく。実がなったり、花の咲くような植物は植えられていない。鳥の巣もなければ魚が泳ぐ池もないけれど、虫だけは豊富にどこにでもいた。夜通し強い風が吹いたあとの晴天の朝には、乾いた虫たちの死骸が遊歩道にあふれた。

緑地の家に暮らしている澄子と貴子のふたり姉妹に、昔も今も友人はいない。父親が事業家の大金持ちだったから、ふたりは子どものころから苦労を知らず、わたあめのような富におぼれて育った。そして五十代の半ばを過ぎた今になっても、あくせく働くことをきらい、おぼれたわたあめの奥底で生きていた。母親は何十年も前に交通事故で死んだ。そしていつまでも生きてほしかった大すきな父親は、とうとう今年の冬、すいぞう癌で死んでしまった。長いあいだ離れ離れに暮らしていた姉妹がこの家に住むことになったのは、それが父親の最後の命令だったからだ。パパの言いつけは絶対だった。気の弱い母親をさんざんいじめぬき、ぶったり泣かせたりもし、子どもには意味のとれない罵り言葉を浴びせていた強いパパ、困ったときには頼んだ額の倍のお金をたんまり振り込んでくれた優しいパパ。そのふたりのアイドルが、小さくなって死んでしまった。

「この線からこっちは、あたしの陣地だからね……」

外から拾ってきた枝を一列に並べ、テーブルを横に仕切りながら澄子が言う。

「あんたはいつも、はみだしてくるんだから……」

貴子は向かいのソファに寝そべって、細かな四角を数字で埋めていくパズルに熱中している。神経を働かせるときにがりがりと鉛筆の頭をかじるくせは、子どもだったらまだかわいげがあるけれど、五十五のやせた中年女がそんなふうでは、いつまでも嚙めないごぼうに歯を立ててむきになっているように見える。

姉妹のあいだのテーブルは、もう完全に二等分されている。澄子は立ち上がって窓の近くまで行き、しばし外を眺めた。

梅雨のなかやすみで、昨日も今日も、木立の隙間に見える昼間の空はすっきりと晴れていた。でも今は、夕立が近づいているのか外は夜みたいに暗い。平屋のまわりの土はじゅくじゅくと湿って、いつもよりずっと色が濃かった。その土の色を眺めていると、ふいに運命の一点がきらめいて、たちまち過去が舞い戻ってくる。

「あの土の色は、ヴェローナの土の色とおんなじだよ！」

叫んだ澄子の顔に、ぱあっと灯りがともる。

「あんた知ってる、イタリアのヴェローナっていうところ。ロミオとジュリエットの街だよ。でもシェイクスピアは、一度もヴェローナに行ったことがない。あれは確か、二十六のときだったね。あたしは、こういう森のなかにある、小さなホテルに泊まったことがあるんだよ。部屋には本物の暖炉があった。夏だったから、使わなかったけどね。泊まっていたのはあたしたちふたりだけ。そう、ふたりっきり。いいでしょう。それであの人は、街の宝石屋で、とってもきれいな、カメオのブローチを買ってくれて……」

「あの人って誰」鉛筆を口から離して、貴子が顔を上げる。嚙みあとだらけの鉛筆は、唾液に濡れて光っている。

「あの人って言ったら、あの人に決まってるじゃない」

「そうだね。聞くまでもない。お姉ちゃんを三十四歳のときに捨てた人だ。お姉ちゃんの青春。ずっと昔の話だよ」

答えずに、澄子はわざと耳障りな音を出して、たてつけの悪い窓を開けた。空は重苦しいねずみ色で、重なりあう木々の枝がきゅうきゅうとしなり、湿っぽい、つめたい風が入ってくる。

閉めてよ！　怒鳴られるまでもなく、澄子は窓を閉める。

ふたりは雨より雷より、風がきらいだった。

姉妹が子ども時代に住んでいた高台の大きな家のまわりには、毎日強い風が吹いた。東側の一帯には巨大なタイヤ工場があったから、風はいつもうっすらゴムのにおいがした。夕方になると、においは特にきつくなった。でも今日みたいな、梅雨のなかやすみのすっきり晴れた日にスンと鼻を澄ませてみるときだけは、ほんの少しだけ、くちなしの甘い香りがかぎとれるのだった。風は来る日も来る日も吹き続けて、最後には高台の大きな家を、ふたりの幸せな子ども時代を、吹き散らかしてしまった。その土地を離れたあとも、ふたりに吹きつけてくる風は、どんな風であっても、それはふるさとに吹いていた風の続き、同じ風だった。風はどこまでも姉妹を追いかけてきた。父親がすいぞう癌で死んだ日も、強い北風が吹いていた。

「あんた、本当に働くつもりなの」

澄子はテーブルのところまで戻ってきて、境界線の向こうの妹の顔をじっと見る。鼻から口にかけて、おもりでもぶらさげているかのようにくっきり縦の皺が走った、しみとそばかすだらけの素顔が、姉を見返す。

「そうね。ひまつぶしに」

「あたしとこうやって、一日じゅう顔を合わせてるのが、いやだって言うの……」

「………」

「だからって、本当にここを出ていけはしないんだからね」

澄子は台所に行って、ふたりぶんの紅茶を淹れる。スコットランド産のティーカップのセットは、数少ない父親の形見だ。父娘の思い出の品々は、後妻にほとんどとられてしまった。このカップを使って毎日紅茶を飲んでいたころ、ふたりの本当の母親はまだ生きていた。でもカップが、四つ揃ってテーブルに並んだことはない。母親は、父親がいるときにはいつも別室で食事をとったから。

「ほら、淹れてあげた」

澄子は紅茶のソーサーを、妹側の陣地に置く。パズルに夢中な貴子は視線を誌面から離さずソーサーに触れようとして、逆にそれを陣地の向こうに押し出してしまう。

「あっ、はみ出した。あんた、はみ出してるよ」

お姉ちゃん、いい加減にしてよ。苦笑いする貴子の目元に、縦の皺よりは浅い、横向きの皺が走る。陣地を守っている澄子の、いつもはしもぶくれの顔の深くに埋もれている唇が、一瞬への字の形に浮き上がってきて、また沈む。

夕立が来て、どしゃぶりの雨が降るなか、貴子は夜の仕事に出るため鏡の前で念入りなメーキャップをはじめる。

皺の一本一本に栄養クリームを叩きこみ、ファンデーションを塗り、眉毛を足し、アイシャドウを何度も重ね、アイラインでぐいっと目尻を引きあげ、鼻の脇からこめかみ近くまでうっすら頰紅をのせ、最後にコーラル色の口紅をひく。そしてカーラーで巻いておいた髪を、ていねいにはずしていく。

澄子がやってきて、そのようすを腕組みしながらじろじろ見ている。

「そんな恰好して、恥ずかしくないの」

「恥ずかしくないよ。まだきれいでしょう。あたしはスリムだし、彫りが深くて、化粧映えする顔だからね。お姉ちゃんとは違う」

「いいおばさんが、見苦しい」

勝手に言ってれば。貴子はピン留めを口にくわえ、ねじった髪の毛の束を、頭の上のほうに持ってくる。

「あんたっていう人間がときどきわからないよ。よりによって、どうしてそんな仕事をするの」

貴子の口から、ピンがぷっと吐きだされる。

「だってね、あたしはお酒が好きなの。おしゃれして、夜に出歩くのも好き。きれいにして、男の人と話すのも好き」

「五十五のばばあがそういうことをするのは、見苦しいって言ってるのよ」

「でぶは黙っててよ」

「お姉ちゃんの、とっておきの靴を貸してあげようか」

「…………」

「そうだ、思い出した。見たらきっと、断れやしないんだから。ニューヨークの五十番街で買ってもらったんだよ。五十番街って、あんた知ってる？　すごく高い靴なんだから」

それは五十番街じゃなくて……、言いかける妹をさえぎって、いいから待ってなさい、澄子は玄関に走っていって、積み重なっている靴箱の奥からお目当てのハイヒールを探しだす。若いころに二度履いたきりだから、箱を開けてもまだ新品のようにきれいで、革もつやつやしている。髪の毛をふんわりまとめあげた貴子はその靴を履き、小さなポシェットのようなバッグを持って、全身鏡の前に立ってみせる。三十年も前にニューヨークから持ち帰ってきた靴は、妹の足には少しゆるいようだけど、姉の足にはもうきつくて入らない。雨がやんでからでかけなさいよ。そうするよ。土がぬかるんでるから、汚さないように歩いてよ。じゃあ履いてかない。店まで、一緒に行ってあげようか。ううん、ひとりで行く。だめだめ、夜はひとりじゃ危ないでしょう。

結局ふたりの姉妹は、雨が上がってすっかり暗くなったころ、連れだって家を出る。

夕立が荒らした緑地には悪臭が漂っている。汚れた水のにおいをかぎながら、中年の姉妹はいそいそとバス停に向かって遊歩道を歩いていく。先を歩く妹が石だの蛙だのにつまずいて転ばないように、天国のパパが自分たち姉妹を守ってくれるように、そしてなにより、ひとりでこの暗い林のなかに置いていかれないように、澄子は両手をお祈りの形に組んで、足早に歩く。はっ、はっ、息が荒くなって、だらだら汗が噴き出てくる。澄子はこの十年でとてもふとった。二十代の頃はオリーブの木のように華奢でしなやかだったからだが、今では菩提樹《ぼだいじゅ》のようにでっぷり、しっかりふとっている。反対に、妹はどんどんやせていく。三つしか離れていないのに、見方によっては、ふたりは十も離れた姉妹のようにも見える。確かに澄子は、妹を自分よりずっと子どもだと思っている。特に怒ったときなどは、飛行機のなかで泣き叫ぶ赤ん坊のようで、大人の自分は手も足も出ない。貴子は、姉のからかいや悪口の度が過ぎると、ひどく逆上して、さっきよりももっとひどい言い方で、この豚！　くそばあ！　今すぐ死んじまえ！　などと、口汚く罵るのだった。その罵り方があまりに激しくて下品だから、澄子はこわくなって、いつも泣いて謝る。でも澄子は、そうやっていじめられる心配のない、今のような暗くて静かな時間には、やつれたからだにぴたぴたの洋服を着て厚化粧をし、けなげに腰を振って歩く妹を、見る影もなくふとってしまった自分よりずっと痛ましく思う。妹が、つくづく哀れで仕方ない。あんたの若づくりを見てると、ママの死化粧を思い出すのよ。これはいつかとっておきの喧嘩のときのために、澄子がここ数ヶ月、ずっと胸のなかに大切にしまっている言葉だ。

緑地を抜けていちばん近い停留所に、ちょうどバスが停まっている。貴子はあっ、待って、と叫んで、濡れたアスファルトにハイヒールをがたぴしゃ鳴らし、走りだす。危ないわよ！　あとを追う姉を振り返らず、貴子はバスに吸い込まれていく。

これで逃げおおせたと思ったら、大間違いなんだから。置き去りにされた澄子は息をととのえながら次のバスを待つ。あたしはちゃんと、見てやるんだからね。

ところがいざスナックの前でバスを降りてみると、澄子はその看板の夜の雰囲気にとたんに気持ちがちぢこまってしまって、ひとりでなかに入ることなどとてもできない。外でうろうろしているうちに、背広の男の三人連れが通りの向こうからこちらに渡ってきて、澄子の顔とからだ、着ているものを品定めしながら、半笑いでスナックのドアを開ける。その隙間から一瞬だけ、カウンターの椅子に座って客に顔を近づけている妹の横顔が見える。このくらいの距離から見ると、とてもきれいだ。若づくりもはなからむだではないらしい。

そうと知れると澄子は安心して、バスに乗って緑地に帰る。朝に貴子が炊いて、まだジャーのなかに残っているご飯を茶碗によそい、あたためないで塩こんぶを載せて食べる。なんとなくくいたりなくて、もう一度ジャーを開ける。そのときになってようやく、その小窓に映るデジタル時計が八時間と少し、狂っていることに気づく。彼女が今生きているのは十九時五十二分の時間だけれども炊飯器は違う。どうして一緒に暮らしているのに勝手に別の時間を生きはじめるのか、あたしと同じ家に暮らすのは、そうでもしないとやっていけないことなのか。澄子は妹が、この炊飯器みたいに、同じ家のなかで自分と違う時間を生きはじめるのがこわい。

それから老眼鏡をかけて、テレビをきっかり二時間半観おえると、風呂を沸かして入る。湯上りには、冷蔵庫からマスカット・ウォーターの紙パックを取りだし、ふたりのあいだでは禁じられていることだけれど、グラスにつがずにパックから直接飲む。これは行きつけのスーパーでいつも八十八円で売っているにおいつきの砂糖水で、姉妹は朝晩、水の代わりにごくごく飲む。

風呂場で失われた水分が補われたのに満足すると、澄子は綿のパジャマの前をはだけたまま、ベッドに入る。

目を閉じてもなかなか眠れない。

眠りの待合室では、なにもかもに感触がない。暑くも寒くもない。ただ待つということは退屈で、しかも常に、少しだけおそろしい。澄子は起きあがって、台所の炊飯器の時間を直そうとする。四つあるボタンのどれを押しても、正しい時間、澄子の時間は戻ってこない。ベッドに戻ってまた目を閉じるけれども、まっくらで、やることがなく、徐々にせばまってくるその部屋は、彼女を黙らせ、閉じこめて、どこへも行かせない。澄子は早く妹に帰ってきてほしい。心から妹に会いたい。

かちゃかちゃと鍵を回す音が聞こえて、貴子が帰ってくる。

お姉ちゃんは安心して、ようやく眠れる。

誰の差し金なのやら、ある日突然、緑地の家に宗教や新聞の勧誘がはじまった。わたしたちと一緒に、救済を祈りませんか。祈りません。まずはお試しで、一ヶ月とってみませんか。とりません。

澄子の拒絶は強烈で、はねつけられた相手は痺れたように動けなくなる。ガスの安全点検員でさえも、家のなかには一歩も入れなかった。ただしひとりだけ例外があって、日に焼けた保険外交員の青年だけが、いとも簡単に姉妹の居間に入ることを許された。なぜなら彼は、姉妹と同じ町の出身だと言ったから。

「町に大きいプールがあったでしょう」

「ええ、ありました」

「ジェットスライダーと、大きな流れるプールがあるところですよ」

「夏休みによく行きました」

「あれは、うちの父親が作ったものです」

へええ、青年はおおげさな声を上げて、姉妹に称賛のまなざしを向ける。

「それから、あの町のバス停には、どんなに小さいバス停でも、必ずベンチがあるでしょう」

「すみません。僕、バスはあまり使っていなかったもので」

「あれもうちの父親が寄付したものです」

「へええ」

「今度ご実家に帰ったときには、よく見てごらんなさい。いちばん立派なベンチは、水道局西五丁目のベンチです。裏側に回ってよく見るんですよ。そのベンチには、あたしたち姉妹の名前がアルファベットで書かれています」

水道局西五丁目ですね。青年は胸のポケットから手帳を出して、バス停の名前を書きとめる。

「その近くに、通っていたピアノの先生の家があったんです。あたしたちはバスなんか乗りませんでしたけどね。迎えの車が来ましたから。でも一度だけ、台風のせいで運転手が途中で事故にあって、バスで帰らなくてはいけないことになったんです。腰かけるところがないので、とても足がくたびれました。それで父がベンチを置いたんです。そこからはじまったことです」

一週間も経たないうちに、青年がもう一度緑地の家を訪ねてくる。

彼は週末にその町に赴き、バスに乗って水道局西五丁目のベンチを見にいき、デジタルカメラに撮って、現像した写真を持ってきたのだった。姉妹は興奮して、玄関先で写真だけを奪うと、保険のパンフレットを山ほど抱えた青年を家から追いだした。

青年はあきらめずに、鍵の掛かっていない窓から室内に侵入した。一件でも多く保険の契約を結ばなくては、職場でとてもみじめな思いをするからだ。

「あたしたちは、保険なんて、入る必要はありませんよ」

「最初は皆さん、そうおっしゃいます」

「困ったときのお金なら、持ってるんだからね」

「でもおふたりだと、何かとご心配なこともあるでしょう」

「心配？　どんな？」

「今はそれは、お見かけするからに、おふたりともとてもお元気です。でもこの先何年か経って、どちらかに、何かあったとき……」

「あなたみたいな若い人に、あたしたちの未来を先読みされる筋合いはありません」

「でもここは、少し孤立した場所ですし。ご契約してくだされば、それはおふたりと僕との大切なご縁になりますから、僕は責任をもって、少なくとも月に一度、ごようすをうかがいにきます。何かあったときには、電話一本で、すぐに駆けつけます」

「来なくてけっこう。間に合ってます。でもこの写真はいただきますよ」

「ここでおふたりじゃあ、あまりにさびしいでしょう！」

青年はひといき入れて、姉妹の顔を順番に眺めた。返事がすぐに返ってこないのは、良い兆候だ。

「保険の話は、まあまた今度にしましょう。実は僕は今日、おふたりを、お誘いしにきたんです。ちょっぴり勇気を出して、町の人の輪に入りましょうと。こんな暗い林のなかに閉じこもっていちゃあ、おからだにもさわりますからね。マーチングバンドに入りませんか。有志が集まって演奏する、音楽団です。楽しいですよ。小学生からお年寄りまで、いろんな人がいます」

あたしたちは、楽器なんてやりませんよ。澄子はふんと鼻を鳴らす。

「ご経験がなくても、ちっともかまいません。実際、僕も音楽はまるっきりとんちんかんですから」

「あなたはなにをやってるの」

「スネアドラムを叩いています。小太鼓です」

それならあたしもやったことがある。黙って水道局西五丁目の写真を見つめていた貴子が、はじめて青年の目を見た。青年はここぞとばかり、強く見返した。

「ではぜひ、ご参加いただけないでしょうか。今度の海の日に、商店街のお祭りでパレードをするんです。団員を増やしたいんですよ。ぜひお願いします」

「あたし、やるわ」

青年はさっそく手帳を開いて練習の日を書きだし、ページをちぎって貴子に渡す。その紙切れをすかさず澄子が横から奪う。

「だめよ。あんた、練習するひまなんてないでしょう」

「あるわよ。今だって、ひまだからこうやって家にいるんでしょうに」

「お姉さんもいかがですか」

「あたしはいい」

「そうおっしゃらずに」

「見世物になって練り歩くのなんかごめんだよ。炎天下に太鼓なんか抱えて。馬鹿らしい。絶対にお断りだね」

「姉は人前でなにかするのが大きらいなんですよ。でも昔は……」

澄子はあわてて言い返す、あんただってそうでしょう。ううん、あたしはお姉ちゃんとは違う。いや、そうだ。違う！　うそつき！　あんたこそうそつき！　姉妹が言い争っているうちに、青年は開いた窓からそそくさと外に出る。姉妹のうち、どちらかひとりでもマーチングバンドに入れられたなら、まずは上出来だ。マーチングバンドの団員の三分の一は五十歳以上の中高年で、その全員が、青年が勧めた保険に加入している。音楽は人の心をゆるめる。そのゆるみにはうれしい商機がある。

「本当に出たがりなんだから」

さんざん罵ったのち、疲れた澄子はソファにどっかりと腰を下ろす。四つ脚のソファが、その体重でハンモックみたいにしなる。

「あたしは太鼓を、思いっきり叩きたいの」

貴子は両手をスティックにして、宙をばたばた叩きはじめる。

「でもあんたは昔から、あたしの真似してばっかりだよ！」

確かに遠い昔、貴子は澄子の真似をして、中学校のコーラス隊に入った。コーラス隊だけではない、水彩画教室も、習字教室も、モダンバレエ教室も、貴子はいつも姉の真似ばかりしていた。そしてなにもかも、姉よりうまくやってのけるのだった。それでも貴子は、手加減していた。本当はもっとうまくできるのに、姉が必要以上に傷つかないよう、本当の本気は出さずにいた。お姉ちゃんは、人一倍傷つきやすい子どものようだったから。妹が自分より優れた才能をあらわすと、澄子はすぐにその習い事をやめて、新しい習い事を見つけた。するとまた貴子が追ってきて、自分を軽々と追い抜いてしまう。そうやってふたりは何十年ものあいだ、ありとあらゆる習い事の森のなかを走り抜けてきた。その森には犬や猫や鳥やハムスターもいた。シールや消しゴムのコレクションもあった。そして男たちがいた。

二十四のとき、澄子が結婚を約束した男と暮らすために家を出ると、貴子も適当な男を見つけだして同じように家を出た。父親はもちろん反対したけれど、このときだけは、姉も妹も一生に一度の若気のいたりで、言うことを聞かなかった。それでも父親は、家を出たふたりにそれぞれ、生活に困らないくらいのお金を送ってくれた。姉妹の母が死んで、後妻が来たばっかりのときだったから、ちょうど良かったのかもしれない。父はたくさんいた愛人のうち、もっとも母に似ていて、もっとも性格の悪い女と再婚して、幸せそうだった。そういえば澄子も貴子も顔だけは母親似だった。きっと父にははっきりと、すきな女の顔の系統があったのだろう。とにもかくにも、パパの幸せは娘たちの幸せだった。二十代のころの澄子は、気が向いたときにだけ映画のエキストラとモデルの仕事をして日々を過ごした。そしてもちろん、映画のエキストラに応募すれば、どこからか聞きつけてきた貴子も応募して、澄子よりずっと大きく映画のスクリーンに映る。からだには少し自信があった澄子がヌードモデルの仕事をはじめると、貴子も服を脱ぐ。そのからだはもちろん、姉のそれより少しだけ見栄えがする。

あたしは本当は、あんたよりずっとよくできるんだから。あんたよりずっとうまく、なにもかも。ただ本気を出していないだけ。なにしろお姉ちゃんはあんたより、三年も早くこの世に生まれてるんだからね。

海外旅行に出ているときだけ、澄子はそういう悔しまぎれの言葉を吐かずにすんだ。妹は飛行機がとても苦手だったから、姉のように、恋人と海外のバカンスには行けなかったのだ。澄子はだから、どんどん旅行した。何かというと、旅行の話をした。

「パレードと言えば、二十九のころ、ロンドンに行ったとき……」

「太鼓でも叩いてないと、あたし今に、お姉ちゃんをぶっ叩きはじめそう！」

あははは、あははは、貴子は腕を下ろして笑い、さ、支度しよう。その場で普段着を脱いで、鏡台に向かう。小さなあざが散乱し、だしをとったあとの鶏の骨みたいにさびしくやせ細った後ろ姿を見送りながら、澄子は脱ぎ散らかしたTシャツとズボンを拾い、きれいに畳んでやる。

青年が開けっぱなしで出ていった窓から、雨まじりの強い風が吹きこむ。

練習の初日、貴子はつけ毛で髪の量を二倍に増し、姉の手を借りて完璧にセットした夜会巻きの重さにのけぞるようにして、コミュニティセンターの一室に入っていく。すぐに保険外交員の青年が気づいて、貴子を団員に紹介する。楽器を持っている団員たちの、にきびづら、髭づら、皺づらが、新参者を優しく見守る。中途半端に開いたままのドアの隙間から、妹がなにかひどいへまをやればいいと祈る澄子が、そのようすを真剣な表情で見ている。貴子が頭を下げた拍子に、一分の隙もなくセットしてやったはずの夜会巻きからピン留めが一本飛びだし、しめしめと思うけれども、次の瞬間にはバーンと派手にドアを開け、立っている妹に突進し、その額に左の手のひらを当て、右手で飛びでたピンをぐさりと髪のなかに差し込んでやる。団員たちは、突然あらわれたこの大女のためらいのなさ、機敏さ、そして振り返って自分たちを見据える獣じみた視線にたちまち震えあがって、口をきけずにいる。こちらは姉の澄子です。貴子が紹介すると、団員たちはようやくほっとして、個人練習の続きに戻る。

保険外交員の青年が貴子に太鼓の叩き方を教える。その横で、澄子がじっとにらんでいる。貴子がへまをするたび、もう違うわよ、いったい先生のなにを見ていたの？ぜんぜんできてないじゃない。澄子がここぞとばかりに非難をあびせる。だったらお姉ちゃんがやってみたら？　見ているよりずっと難しいんだから。いやよ、やりたいって言ったのはあんたでしょ。だったら黙って見てなさいよ。言い争いのあいだ、青年はスティックを器用に指先でまわして、にやにや笑いを浮かべている。さ、先生、ばばあはほっといて続きをやりましょう。声がかかると再び太鼓の練習がはじまるけれども、青年はもはや、自分の教え子が妹のほうなのか姉のほうなのかよくわからない。どちらかはわからないまま、日を追ってとにかく彼女は上達していく。

あの人たち、いったいいくつなの？　妹のほうは、五十五歳ですって。お姉さんのほうは？　知りません。なんだか変わった人たちね。あの人たちには友達がいないんですよ。でしょうね。かわいそうにね。本当に。

こういう会話が姉妹のいないところで何度も繰り返される。姉妹の立ち居ふるまいはあまりに子どもじみていて、おとなしくしているときさえ、その外見と内実とは著しく釣り合いがとれていないことが知れてくると、マーチングバンドの団員たちは当然、姉妹に話しかけることをよして、事務連絡をするとき以外には近よらなくなった。まれにうっかり近よってしまった人は、たちまち身の危険を感じた。姉妹の世話は、すべて保険外交員に押しつけられていた。ところが慈悲ぶかい人はどこにでもいる。自分の心を開けば必ず相手の心も開くと、信じてうたがわない人もいる。

周囲の偏見にただひとり抗《あらが》って、姉妹の幼さを純粋さと育ちの良さのあらわれだと感じとったトロンボーン奏者の老婦人が、ふたりに近づいてくる。彼女は緑地から歩いて十分もかからない賃貸アパートに住んでいる。お茶を飲みにきなさいとふたりを誘う。姉妹の死んでしまった母親が生きていれば、ちょうど彼女くらいの年になっているはずだ。そんなよろよろの年寄りが、めっきを施されたカマキリのような、おそろしい、拷問道具にも見える楽器をいとおしそうに抱え、皺だらけの顔をゆがめてぶーぶー吹いている姿が、ふたりにはうす気味悪い。

練習が終わった日曜日の夕方、姉妹は老婦人の家に行く。身の上話はとても長い。

彼女は三度も不幸な結婚をして、今はひとりっきりだ。学生が住むような六畳のアパートに、小さなからだをさらに折り畳むようにして暮らしている。姉妹は上手に正座ができないから、畳の上にペタンと足を伸ばして座る。あなたたちのご両親は？　死にました。いつ？　母親は大昔に、父親は今年の冬に。あらそう。

眠ってしまったかと思われるほどの長い沈黙のあと、年寄りは突然、神経をばちで弾かれたみたいにぶるっと震え、目をいっぱいに見開いて叫んだ。

「どうしてわたしは、こんな年まで生きてしまったんだろう！」

まあ、お丈夫でうらやましい。あんな重そうな楽器も、らくらく吹けるじゃないですか。貴子があわてておだてても、彼女の怒りはおさまらない。

「病気なら何度もやった！　でもいつも治ってしまう！　もっとからだが弱かったら、こうはならなかった！」

「病気をしなくても、事件や事故に巻き込まれて死んでしまう人だって、大勢いるんですよ。まだどっちにも巻き込まれていないなんて、こんな時代には、珍しいことですよ」

珍しい人生なんかいらないよ。言うなり年寄りは立ち上がって、部屋の隅に祭壇のように積まれた色とりどりのアルバムの、いちばん上のひとつを持ってくる。そのなかには、彼女の人生のもっともすばらしいところ、すなわち、彼女のすぐそばに息子がいた時代の写真が並んでいる。ああかわいい。ああかわいい！　二回目の結婚でようやく授かった彼女の大事なひとり息子は、今では外国人と結婚して、海の向こうに行ってしまった。待てども待てども連絡は来ない。あまりの恋しさに、マーチングバンドの若い男がみな自分の息子に見えて、ときどき涙が出そうになる。とりわけ姉妹の太鼓の先生、保険外交員の青年は彼女に特別親切で、あんな子が息子だったらわたしをひとりにしておくはずはないだろうと想像するたび、悔しいような、嬉しいような、目についた柱にでも車にでも、なんでもいいからからだをこすりつけたいような気持ちになって、しゃっくりが出る。彼女はもちろん、保険に入っている。病気をするたびに治ってしまっても、保険に入っているから安心だ。

「誰だって、保険には入っておくものだよ。保険っていうのは本当にすばらしい制度で、弱者のための人類の知恵だよ。あなたがたも今すぐ入るべきだね。それに困ったときは、あの子は電話一本で、出張しているとき以外、すぐに来てくれるしね。わたしのスーパーマン。今から呼んであげようか？」

「あたしはもう入りました」貴子が言うので、澄子は心底驚いて、目をぱちぱちしばたかせる。あんた、いつのまに入ったの。先週。どうしてあたしになにも言わないの。個人的なことだから。お姉ちゃんのぶんは。お姉ちゃんのぶんは入ってない。

それきり無言でじりじり睨みあっている姉妹に、老婦人は生まれてこなかった娘たちの面影を重ねる。面倒をみてくれる人もなく、ふたりともこんなに大きくなってしまって、もしわたしが母親だったら、この子たちをこんなふうには生きさせなかった、こんなに年をとってしまうまでほったらかしにせず、娘ざかりの可憐な年頃に、息子のような優しい夫を見つけて、幸せな花嫁にさせてやれただろうにね。

老婦人の目から涙がこぼれる。涙は皺に吸い込まれてしまって、彼女はただ、止まらないしゃっくりに目を白黒させているだけのように見える。

姉妹のほかには誰も気づいていないことだけれど、最近では、太鼓の稽古を受けているのはもっぱら姉の澄子のほうだった。

出腹に巻かれた幅広のベルトで固定されている小太鼓は、悪性のこぶのようで、しゃにむに叩き続けたら、膿《うみ》かなにかがあふれでてきてしまいそうだ。ようやくこつをつかみ、悦に入った澄子がスティックの先を震わせ、ざあぁーざあぁーとドラムロールをはじめると、練習室に仲良く響きあっていたほかの楽器のスケールやロングトーンはたちまち蹴ちらされて、団員たちはみな、いやあな顔をする。ベルリラ奏者の小学生の姉妹が、澄子が夢中で太鼓を打ち鳴らす姿を見て、練習室の隅で笑いに笑う。

ほら見て、あの人、自分のお腹を叩いてるみたい！　うわー、あんなでぶ、テレビでも観たことないよ！　触りにいってきなよ！　絶対にいや！　お姉ちゃんが行ってよ！　するといつもそのでぶのおばさんとセットになっている、がりがりにやせた、化粧の濃い、彼女たちが呼ぶところの〝悪霊おばさん〟が近づいてきて、小さな姉妹を一喝する。黙りなさい！　あの人があんたたちくらいの年には、お人形みたいにかわいくて、天使みたいに優しかった。それに比べたら、あんたたちはぶさいくなモルモットだよ。うるさい、悪霊！　あっちへ行け！　小さな姉妹の姉のほうが、大きな銀色のうちわであおぐようにベルリラを横に振って、貴子を追い払おうとする。そんなもの、こわかないね！　手ぶらの貴子は勇敢に銀色の風に立ち向かっていくけれど、少女は絶対に容赦しない。このなまいきなばばあを完膚なきまでに打ちのめすために、少女は気合を入れて、ベルリラを天井近くまで振り上げる。その鍵盤のきらめきに目がくらんで、慌てて後ろに飛びすさった拍子に、貴子はマラカスを踏んづけて床に転がってしまう。小さな姉妹がまた大声をあげて笑う。

「ここはマーチングバンドでしょう！」

ひっかかった！　ひっかかった！　姉妹はあまりの可笑しさに涙ぐみながら笑いまくる。転んだ拍子にからだをかばおうと下敷きになった腕が痛んで、貴子はうまく起きあがれない。足首もじんじん痛む。ほかの団員たちは個人練習に夢中で、この私刑にはいっこうに見向きもしない。音楽はいつだって、悪しきもの、いやしいものから彼らを守ってくれている。

ベルリラを掲げた姉妹は貴子を取り囲んで、古代の儀式のように奇怪なダンスを踊りながら、そしてパパとママの前ではとても言えない、思いつく限りの罵詈雑言を浴びせながら、貴子のまわりをぐるぐる走りだす。力尽きた貴子が思わずうめいて床につっぷしたとたん、小さな姉妹たちの悲鳴が響いて、貴子の細い首根っこがぐいとつかまれる。

「今度はあんたの番だよ」

姉に引きずられるようにして貴子は太鼓のところに行き、練習をはじめる。手が震えて、何度も何度もスティックを落としてしまう。

貴子が夜の仕事に出ない日は、ふたりは緑地の家の居間のソファに座ってテレビを観る。

澄子はこの二十年あまりのあいだ、テレビばかり観ていた。三十四で男と破局して以来、彼女は父親の愛人だった女、もともとは家の家政婦だった忠実な女と一緒に、テレビを観ながら、そして折りあるごとに、父親のすばらしさをたたえながら暮らしてきた。

三十代後半の澄子は、朝昼のワイドショーと、夕方のニュース、それから軽いドラマを挟んで、夜のニュースを毎日欠かさず観た。四十代になると、今のことには飽きてしまって、ケーブルテレビと契約し、最初は映画チャンネルばかり観ていた。それから料理チャンネル、音楽チャンネル、キッズチャンネル、アダルトチャンネル、囲碁チャンネル、スポーツチャンネル、自然チャンネルと渡り歩き、ここ数年は、ミステリーチャンネルばかり観ている。テレビの電源をつけると、そこではいつも事件が起こっている。誰かが殺されている。この世のなかには、思いもよらない殺され方が無限に存在している。それが澄子を退屈させない。

再放送ばかりしているから、たいていのドラマも映画も、誰が犯人でどんな手口で殺したか、澄子はすっかり知りつくしている。さあて、犯人は誰でしょう？　そう問いかけると、一緒に観ている父の元愛人は小学生のように首をかしげて、一生けんめい推理をはじめてくれたのに、彼女は父がすいぞう癌で死ぬ少し前に死んでしまった。だから父はまるで、その女のあとを追ったようにも見えた。緑地の家に貴子と暮らすようになると、澄子は当然、妹にこの役割を求めた。ところがいつだって、妹は姉よりほんの少し頭がさえているから、すぐに犯人を言い当ててしまう。年に一度あるかないかの、澄子がはじめて観るドラマの犯人まで、見事に当ててしまう。すると澄子はたちまち不機嫌になって、口をきかなくなる。だから貴子は、それがどんなに単純なエピソードであっても、もう本気を出さずに、まぬけな推理ばかりを披露することにした。あんたって本当に、にぶいのね。そう言ってお姉ちゃんが笑ってくれると、貴子はほっとする。貴子はそれまで、退屈しのぎに責任のない仕事を転々としながら、そのときどきの男の家に居候していた。ひとりで暮らしたこともあったけれど、誰かと一緒のことのほうがずっと長かった。

「人が殺される理由で圧倒的に多いのは、怨恨じゃなくて、金の問題だね」

金持ちの女優を殺した若い夫婦が手口を暴かれるのを見届けて、澄子はしみじみため息をつく。

「あたしがひとりだけ人を殺していいと言われたら、間違いなくあのよくばり女を殺すよ。パパのお金をさんざん好きにして、あたしたちにはこのぼろ家しかくれないあの女。あんたは誰を殺す？」

「お姉ちゃんを殺す」爪を磨きながら、貴子は笑って答える。

「いやだ、こわいこと言わないでよ。それにあたしを殺しても、あんたにはこのぼろ家しか残らないじゃないの。それとも怨恨から殺すの」

本能から殺す。貴子は声には出さないで、唇だけを動かす。澄子は心細げに、妹の答えを待っている。その切り傷みたいな目の形を見ていると、貴子もだんだん心細くなってくる。

「うそだよ。あたしかお姉ちゃんのどっちかひとりがここに残されたら、天国のパパが悲しむでしょう……」

父の後妻がうまい細工をして、たんまり遺産を相続したから、姉妹にはこの緑地しか残らなかった。男盛りだったころの父親には愛人がうんとたくさんいたのだから、もしかしたら遺産の何分の一かは、隠し子たちのもとにも渡ったのかもしれない。でもふたりとも、そんな可能性は想像だにしなかった。この姉以外に、この妹以外に、同じ父を持つ兄さんや姉さん、うるさいちびたちなど存在するはずがなく、自分たちだけが、偉大な父の血をひいた唯一の子どもたちなのだった。

「まったく、その通りだよ」

夜の緑地の灯りを落とした部屋で、そうして並んでテレビを観ていると、ふたりはあたたかでどこまでも深い、偉大なパパの恩寵に包まれているのを感じる。母親の影は、今ではとても薄い。母親が自分たちよりずっと若い年齢で死んだことを、姉も妹も、もうすっかり忘れてしまった。

梅雨明けすぐのかんかん照りの日曜日、ひとりの老人がアイスクリームを積んだ台車を押して、団員の士気を高めにやってくる。

老人が練習室に入ってきた瞬間、一同はただちに楽器を下ろして静聴の姿勢をとった。老人は、このマーチングバンドのスポンサーなのだった。姉妹は練習室の隅の椅子に座り、ふんぞりかえってアイスクリームの配給を待つ。老人の話はなかなか終わらない。もう三十分も続いているのに、立っている老人は倒れないし、座っている団員たちも誰ひとり立ち上がらない。姉妹は一刻も早くアイスクリームが食べたくて、そわそわしてくる。この練習室はひどく暑い。澄子が貴子の脇腹をこづき、目で合図する。早くしないとアイスがとけちゃうでしょう。貴子は首を振って、家から持ってきたナンバークロスワードパズルの雑誌を開く。澄子はしつこく貴子の肩や足をこづき続け、やめてよ！　貴子の声が老人の声を押しのけて練習室に響く。どうしましたか？　すぐに太鼓の先生が駆けよってくる。喧嘩が始まるとき、この姉妹のがちがちに固まりついた心は一瞬だけ柔らかさを取り戻し、そこには赤ん坊がひとりくぐりぬけられそうなほどの隙間が生まれる。隙間には、やっぱり商機がある。

「気分が悪い。喉が渇いた」

大声でわめくふてぶてしい中年女に、スポンサーの老人はむっとして、負けずに声をはりあげる。このバンドを創立した彼の甥は、若くてすばらしいユーフォニウム奏者だったのに、三年前に死んでしまった。ユーフォニウムを抱えたあの子は、楽器を吹いているというより、金色の花束を抱えて笑っているだけのように見えました。病気にからだをむしばまれても、最期の日まで一日たりとも練習を欠かしませんでした。すいぞう癌でしたが、立派なものでした。

すいぞう癌、その言葉を聞いて、青年に手を引かれて練習室のドアに向かいつつある姉妹はたちまち涙ぐんでしまう。そして今、自分たちがいつまでも親しめない他人たちと共にこの暑苦しい部屋でどうにか生きながらえているのも、すべて死んでなお聡明な父の導きなのだという気がしてくる。それどころか、この楽団を作ったのだって、本当はあのけちな老いぼれの甥などではなく、自分たちの父だったのかもしれない。だとすれば、すいぞう癌で死んであの老人を悲しませているのだって、彼の甥ではなく、正真正銘、自分たちの父であったのかもしれない。アイスクリームを持ってきましたよ。廊下で待っていると、青年が絆創膏《ばんそうこう》のような木のさじと一緒に小さなカップを姉妹に差しだす。

「あのじじいは話が長いよ。おわるころには、じじいもみんなも、なかで白骨化してるね」澄子はアイスを一口食べて憤然とする。「このアイス、味がない」

「ありますよ。これはミルク味です」

「あたしはバニラ味が食べたかったのに」

「すみません。ミルク味しかありませんでした」

「白いアイスといえばバニラ味でしょう。あのじじい、きっと痛風かなにかわずらってるんだね。痛くてまともにものが考えられないんだよ」

「実は、ここのメーカーは、ミルク味が有名なんです」

「老人までおかしくなっちゃあ、この世も終わりだね。しっかりしてるのはあたしたち中年の女だけ。まったく、はた迷惑な時代だよ」

「姉はなにもかも、文句をつけないと気がすまない人なんです」

澄子が文句をたれているあいだに、貴子はあてがわれたアイスをぺろりとたいらげてしまった。彼女は今、すっかり冷たくなった唇を舐めながら、ふたつめのアイスを狙っている。青年はさじをカップのふちに置き、神妙な顔でうなずく。

「文句のひとつでもつけないと、こっちに向かって倒れかかってくるような世のなかですからね。当然ですよ」

あんたがたはなにもわかってないよ。澄子はカップをくいと傾け、溶けてしまった白いクリームを口のなかに流しこんだ。

「さあ、僕はコーヒーでも、買ってきましょうか」

「あれまあ、気がきくね。お願いしようか」

青年は空になったカップとさじを回収し、爽やかに通路を駆けていった。その後ろ姿を見つめながら、澄子はこの数週間、彼がいちばん聞きたがっていた言葉をとうとうつぶやく。

「あたしもあの人の、保険に入ろうと思うよ」

貴子はびっくりして、思わずべろを噛みそうになった。

「やめときな。お姉ちゃん」

「どうして。あんたは入ったんでしょう。どういう保険に入ったの」

「うそに決まってるじゃない。入るわけがない」

「それじゃあ今から、ふたりで入ってあげよう」

「お姉ちゃん、だまされちゃだめよ。あの人は、あたしたちにとりいってるの。あの人の、お給料のために」

「お給料？」

「あたしたちを保険に入れたら、あの人はお金をもらえるの。それだからあの人は、あたしたちに優しくするの。ぜんぶお給料のために。どう考えたって、そうでしょう」

「あんたって人の足下を見るのね。なんていやしい」

「足下を見られてるのはあたしたちのほう。お姉ちゃん、気づかないの。本当におめでたい人。世間知らずにもほどがある」

「あんたは心底、根性の曲がった女だね。親切にしてくれる若い人になんてこと言うの。それに、保険に入るのはいいことじゃないの」

　ぼけ老人には付き合っていられないよ。貴子が舌打ちをすると、そのリズムの裏打ちをするように軽やかな足音をたてて、缶コーヒーを三本抱えた青年が戻ってくる。受け取った瞬間、澄子はヒャッと声を上げる。

「冷たいじゃないの」

すみません、夏なので、ホットはなくて……。青年はうなだれる、でもすぐに、では僕が温めますね。つき返された缶をにぎにぎと握って、笑顔を浮かべる。馬鹿だね、そんなことしたってむだでしょ。澄子はそっぽを向きながら、じきにぬるまってくるはずのコーヒーで、胃を落ちつけるのが待ちどおしい。

練習室のなかで、お経のような老人の話はまだ続いている。

窓の外の東の低い空には、入道雲がふくらんでいる。

吹きつけてくるもんわりとした熱風が姉妹の髪をなびかせて、染めきれなかった白髪を根元までむきだしにする。


海の日の一週間前から、練習は連日続いた。練習が終わると、姉妹は青年の車に送られて緑地の家に戻ってきた。

お祭りの前日、このドライブが最後になってしまうのが惜しくて、澄子は青年に上がってお茶を飲むよう貴子に勧めてほしかったのに、貴子はなにも言わなかった。玄関まで送り届けてくれた青年をろくに見送りもせず、あたし、支度するから。そう言って、着ているものをその場に脱ぎ捨て、鏡台に向かってしまった。

「明日は本番なんだから、今日は休みなさい」

澄子は追いかけていって、強い口調で言う。

「いやよ。仕事は仕事。休まないわよ」

「大事な日の前の日は、早く寝なくちゃあ。それにあんたはもう、年寄りなんだから」

「あたしはお姉ちゃんより三つも若いの。年寄りじゃないわ」

「いや、あんたもあたしも年寄りだ」

そんなことばっかり言って、動かないからふとるのよ。貴子は言い捨てて、大きなパフで粉を顔じゅうにはたきはじめる。

「今日はあの人と、保険のことを話そうと思ってたのに……」

保険なんか入らない。貴子は目を細めて、アイラインをひっぱる。

「でも、明日のパレードでなにかあったらどうするの?」

「なにかってなによ。突然発作が起こったり、事故にあうかもしれないっていうの?」

「そうよ。そのとおりよ。そんな可能性、誰だって否定できないでしょう」

「こんなにぴんぴんしてるのに、どっちも死ぬわけないいじゃない」

「死んだときのための保険じゃないの。生きたまま医者に行ったり、入院したりするときには、お金が山ほど必要なの。あんた、そんなことも知らないの。なまいき言ってるくせに、あんたのほうが、ずっと世間知らずじゃないの」

「馬鹿だね、お姉ちゃん」

「あんたこそ馬鹿だ！」

立ち上がってこっちに向かってくるかと思ったのに、貴子はなにも言い返さず、いつものように挑発には乗ってくれない。青年をひきとめられなかった悔しさと相まって、澄子はどうにかして、化粧を続ける妹の手を止めてやりたくて仕方がない。

「あんたみたいな、身持ちの悪い女はそうそういない。男と見れば、誰だっていいんだ」

「急になに言いだすの。なんの話をしてるの」

「あんたは、今がよければすべてよしっていう、破滅型の人間だね。だから保険も必要ないし、その罰をくって、そうやって、みじめにがりがりやせ細っちゃったんだよ。あたしみたいに、たくわえようと努力する人間じゃなかったんだ」

「お姉ちゃんがなにかをたくわえるために、努力したことなんてあったの？」

「あるとも。たくさんね。あんたには、想像もつかないだろうがね」

「じゃあそのお肉以外に、お姉ちゃんがたくわえたものを見せてよ」

貴子はここでようやく振り返って、澄子と目を合わせてくれた。

「今。ほら。ね？　なあんにもないでしょう」

澄子が答えられないでいると、貴子は満足げに目を細めて、鏡に向き直った。その鏡に映る白い顔にではなく、あざだらけの背中に向かって澄子は言う、あんたがここに暮らしていられるのは、ぜんぶあたしのおかげだよ。あはは！　貴子は笑って、眉毛を弓型に描きはじめる。

「本当なんだから。パパはこの家を、あたしひとりに残そうとしたの。この家はあたしひとりの名義だよ。あんたにはなんの権利もないんだよ。あんたはただの居候。そこをよおくわかってもらわないとね。いい、わかった？」

「自分が死んだらここに一緒に住むようにってパパが言ったのを、あたしたち、泣きながら聞いたじゃないの。弁護士さんだってそこにいた。どっちにしろ、お姉ちゃんが明日のパレードで脳卒中を起こすか車にひかれて死んだら、あたしはここをひとり占めして、好きに暮らすよ」

「なんだって？」

「死体も靴も、お姉ちゃんのものはぜんぶ燃やす。お姉ちゃんはぶくぶくにふとってるから、燃やすのだって特別料金よ。どうしてくれるの」

「そんなことはさせないよ。あんたはあたしよりあとに生まれて、あたしより先に死ぬんだからね。あんたみたいな薄っぺらな人間が死んだって、この世のだあれも気づかないだろうよ！」

澄子がポケットから飴を投げつけたので、貴子の手元は狂って、眉毛の線が額のほうに大きくはみ出してしまった。

「もう！　あたしは忙しいの！　うるさいから、あっちへ行ってよ！」

妹をいらいらさせて少し気が済んだ澄子は、台所に行ってマスカット・ウォーターを飲む。甘い水を飲みくだすごとに、伸びきった綿のTシャツで覆われている大きな腹が揺れるのが見える。じゃあそのお肉以外に、お姉ちゃんがたくわえたものを見せてよ。妹の言葉が甦ってきて、腹をさらに激しく揺さぶる。澄子はからっぽになった紙パックを、床に投げ捨てる。

この肉以外に自分がたくわえてきたもの、それはいったいなんだろう？　考えるまでもない、それはまちがいなく金だ、金以外のものだってあるかもしれないけれど、今すぐには思い出せない。若いころに父親からもらった山ほどのお金を、澄子は大事に大事に、少しずつ使い続けて五十八歳まで生きた。たくわえは澄子を守る。澄子が死んだあとにだって、澄子のなきがらを燃やす役に立つ。そして立派なお墓になっていつまでも残る。でもパパ、パパはなにを残しただろう？　問いかけると、窓の外に立っているパパが悲しそうに微笑む。そうだね、澄子、金なんてもうどこにもない、パパが生きた証拠としてこの世に残したのはおまえたちふたり、今では誰にも求められることのない、できそこないのおまえたち娘ふたり、そしてこの緑地だけなんだよ。

実のところ、パパの人生は、それですっかり終わってしまったんだよ。

パパ、なんてかわいそうなんだろう、パパ！　澄子の心は恥ずかしさでいっぱいになって、その燃えだしそうな恥ずかしさが、彼女をまっすぐ妹のもとに向かわせる。

貴子は鏡の前にかがみ、こちらに尻を突きだして、髪の毛にカーラーを巻きつけている。

「あんたはもっと、感謝しなけりゃいけない」

「…………」

「感謝しなくちゃいけないんだよ。この家にも、この家を残してくれたパパにも」

「…………」

「聞いてるの？」

聞いてますよ。貴子は最後のカーラーを手に取って、後ろに余った髪を巻きつけようとする。お姉ちゃん、見てないでちょっとは手伝ってよ。言っても姉は近よってこないので、仕方なく自分で巻いてしまうと、今日はどのお洋服を着ようかな？　鼻歌をうたいながらハンガーにつるした洋服のコレクションを一枚一枚眺め、胸元がきわどく開いた、黄色いワンピースを手にとる。またそんな若づくりして！　当然そう怒鳴られるものだと思っていたのに、姉は青い顔をして突っ立ったままなにも言わない。

貴子はワンピースを着てカーラーを外し、丸まった髪の毛を結いあげピンで留め、全身にくまなくローズの香水を吹きかける。じゃああたしは、行ってきます。姉の脇をすりぬけて、貴子は玄関に向かう。姉は無言でついてくる。

「靴を借りるわね。お姉ちゃんの、五十番街の靴を……」

靴に片足を入れたところで、「あんたを行かせはしない！」澄子は突然貴子の腕をつかみ、奥までひっぱっていく。

「なにするのよ。痛い。離してよ」

「明日はお祭りなのよ！　パレードなのよ！　あんたは一生、ここには帰ってこないつもりでしょう！」

「お姉ちゃん、本当に頭がおかしくなっちゃったんじゃないの」

すきをついて、蛭《ひる》のおばけのような腕からつるりと逃れた貴子は、乱れてしまった髪や服を整えてから姉に向き直った。

「本当に、いい加減にして。自分をいくつだと思ってるの？　あたしは本当に、お姉ちゃんが恥ずかしい。今だけじゃない、昔からずっとそうだった。もうなにもかも遅いんだけどね。でも今、あたしは、つくづくうんざりした。お姉ちゃんと暮らしてると、本当に気が狂っちゃう。だから今から、出ていきます」

「だめ、あんたは絶対に出ていけないよ」澄子は妹ににじりよる。「だって、それがパパの最後のお願いなんだからね。出ていったら、あんたはこの世でいちばんの親不孝ものだよ。あんたは一生この家を離れちゃいけないし、明日はあたしと一緒に、パレードで太鼓を叩くんだよ」

「一緒には叩かない。だってあのマーチングバンドに入ってるのは、あたしひとりだけなんだから」

澄子ははっとする。確かに、青年に誘われるがままマーチングバンドに入団登録をしたのは貴子だけだった。とはいえ今では、自分のほうがずっとうまく叩けるはずだ、あんなに練習したのだから。その自分が明日、ふぬけた群衆にまぎれてひとりっきりで沿道から手を振るだけだなんて、そんな光景は本当に信じがたい。

「いいや、あの子がどうにかしてくれる。なにしろ、電話一本で駆けつけてくれる子なんだからね。ふたり一緒に叩かせてくれるはずだよ。できないことはないだろう。あたしたちは一緒にパレードをするんだよ」

「あの子のことなんてどうでもいい。黙ってたけど、あの男の子は、お姉ちゃんの昔の彼氏にそっくりじゃないの。お姉ちゃんを三十四歳のときに捨てたあの人。お姉ちゃんは、あの人がもう一度やってきたと思ってるんでしょう。違うわよ。あの子に優しくしてやれば、自分の罪が軽くなるってわけじゃないのよ。そのだぶだぶのお腹にはもう二度と……」

澄子は平手で妹の頬を思いきりぶった。

「なにすんのよ！　このでぶ！　豚！」

　姉妹の久々のとっくみあいは、鈍重で、さわがしく、とても醜い。

　ふたりはとにかく両手を前に出して、力任せに相手を張りたおそうとするけれど、この勝負は目方のある澄子のほうがだんぜんに有利で、貴子はかかし人形のように、たいした音も響かせず床に仰向けにひっくりかえる。ところが慣れている貴子は、くるくると転がって四つ脚のソファの下に逃れる。澄子はうなり声をあげてソファをひっくり返し、唖然としている妹にのしかかって、ただでさえ量の少ない髪の毛をむしろうとする。貴子は念入りにマニキュアをした、尖った爪で澄子の頬をひっかく。あああ！　ううう！　おおおお！　下手くそなヨーデルのような戦闘のため息が、家のなかに響きわたる。相手の血を見るまで、ふたりは動きを止めないつもりだ。床の上でからみあいながら、姉妹は激しく攻防を続ける。澄子が貴子の首に手をかけると、貴子は手を伸ばして触れた、空っぽのマスカット・ウォーターの紙パックで思いきり澄子の横っ面を張る。すると澄子も手を伸ばして、買いだめして山と積んである、未開封のマスカット・ウォーターで思いきり妹の脇腹を叩く。骸骨女！　病気もち！　あんたのあそこは腐ってる！　くさくてくさくて死にそうだよ！　貴子も在庫の一本をつかんで、ふたりは紙パックで殴りあう。そのうちパックの側面が破れ、においつきの砂糖水が床にじょぼじょぼこぼれだす。貴子は破れ目から直接口に水を含み、思いきり姉の顔に吹きつける。いもむしみたいに丸まった巨体に馬乗りになって、貴子がパックを大きく宙に振り上げると、組みふせられた澄子はまっかっかになった目を細め、にんまり笑みを浮かべながら言う。

「あんたの顔は、お棺のなかのママの死化粧にそっくりだよ！」

言われて貴子は、パックをさらに高く掲げる。

「くそばばあ、さっさと死んで地獄に行きな！」

ほんの一瞬、ぶよぶよとした、冷えたあぶらみのような沈黙が、ふたりの口をふさいだ。

次の瞬間、姉妹は紙パックを放りだし、我先にテーブルの角に向かって駆けだした。そしてそこに自分の頭を打ちつけようとし、無理だと知れると今度は自分で自分の首をしめようとした。もう一方の手では必死に、絶対にそうはさせまいと、自分とまるきりそっくりの相手の動きを妨げながら。それはすべて、あとに残されないために。この家のなかに、ひとりで置いていかれないために。

もみあっていると、いつのまに誰が開けたのか、窓から夏の夜風が吹きつけてくる。

それは彼女たちの失われたふるさとに吹いていた風、彼女たちの子ども部屋にゴムとくちなしの香りを、夕立や台風や雪の気配を、一日のはじまりとおわりを運んできて、奪っていった風だった。

ふたりは今、泣きながら、もがきながら、互いの老いたからだのなかに、ずっと隠していた秘密を押し戻そうとしている。そう、本当はいつもそうだったんだよ、あの部屋にもこの部屋にも、あたしたちふたりのほかに、外には誰もいなかったんだよ。誰と一緒に暮らそうが、どんなに遠くに出かけようが、この世のなかには、このあたしとあんたのほかには、だあれもずっと、いなかったんだよ。

乱闘は深夜まで続く。最後にはふたりとも疲れ果てて、いろんな水分でべたべたに湿っている床の上に倒れ込んでしまう。

緑地を吹きぬけ、木々を揺らし、虫たちを彼方遠くまで運んでいく夜風も、姉妹の目を覚ますことはできない。

商店街の空き地に設置されたテントの下で、姉妹はしみとくまと打撲傷だらけの顔を少しでも輝かせるために、特製のドーランを塗りたくっている。

アイシャドウの色は、この晴れの日にふさわしい、エメラルドグリーンだ。貴子はバンドから配給された、青い房飾りのついた白いスーツを着ている。澄子は澄子で、一張羅《いっちょうら》のシルクのワンピースと、五十番街で買ってもらった靴を履いている。靴は熱湯でふやかし、石をいっぱいにつめてドライヤーで乾かしたから、澄子の大足は鬱血《うっけつ》しながらもかろうじて収まっている。

なにか飲み物をお持ちしましょうか。四角い帽子をしっかりと深くかぶり、白いスーツが誰よりもきまっている保険外交員がうやうやしく、姉妹のご機嫌をうかがいにやってくる。あたし今すぐ保険に入りたいの、このパレードでなにかあったときのために。澄子が言うと、では、すぐにパンフレットをお持ちします！　青年はシンバルのように顔をまぶしく輝かせて、いずこへともなく走り去ってしまう。

ピピーッと甲高いホイッスルの音が響いて、団員たちが列を作る。列の先頭に立っているのは、特別な金色の房飾りがついたスーツを着たスポンサーの老人で、スーツの白もほかとは違って見える。練習期間に一度だけ、アイスを持ってやってきただけなのに、彼こそがこのマーチングバンドの、永遠に替えのきかないドラムメジャーなのだった。物干しざおくらいはありそうな長い長い指揮杖を高く掲げて、老人が二度長く、三度短くホイッスルを鳴らすと、ドラムラインがリズムを打ち鳴らしはじめた。

貴子は八人いる小太鼓隊の、いちばん後ろを歩く。澄子は旗を振っている沿道の客たちをぐいぐい押しのけ、鼻息荒く妹を追いかける。履きなれていない靴は彼女の足をしめつけ、とがり気味の親指は、今にも革をやぶって靴の爪先から出てきてしまいそうだ。痛みに苦しむ姉にかまわず、白い隊列に組みこまれた妹はどんどん先に行ってしまう。最後尾のベルリラ奏者の姉妹も、澄子を横目で笑って追い抜いていく。沿道の酒屋の前にビールケースが積まれた台車を見つけると、澄子はせっせとそのケースを地面に下ろし、ふとったからだを台車に乗せ、片足で思いきり地面を蹴りだした。パレードのあとを追いかけていく彼女の、すさまじいスピードが巻き起こす、ものすごい突風のせいで、追い抜きざま、ベルリラ姉妹の小さなからだが地面から少し浮く。ユーフォニウムを抜かし、サキソフォーンを抜かし、クラリネットを抜かし、フルートとピッコロを抜かし、トランペットを抜かし、トロンボーンを抜かし、大太鼓も中太鼓も抜かしたところで、ようやく妹の後ろ姿が見えてきた。

澄子は乗ってきた台車を沿道に乗り捨て、うめきながら、行進する妹に追いつこうと猛然と走った。ただならぬ気配を感じた貴子がふと脇に目をやると、前のめりになって、今にもお腹からつんのめりそうな姉が、沿道から信じられない速さで迫ってくる。その顔に浮かぶおそろしい形相を一目見て、やっぱり保険に入れておけばよかった、貴子は後悔して、狼狽し、思わず太鼓を叩く手が止まってしまう。その瞬間、暗闇のなかでとっておきの宝物を見つけたみたいに、澄子は顔をいっきにぱあっと輝かせ、妹をまっすぐ指さして叫ぶ。

「ほおらね！　もう間違った！　あたしはもっとできる！　あんたなんかより、もっと上手にできるんだから！」

澄子は沿道を飛びだし、妹の隣を行進していた若い女の太鼓を奪うと、スティックを高く掲げて、最初の一打をためらいなく打ちおろした。それからきっと正面を見据え、得意のドラムロールを披露しながら、のしのしと歩きだした。妹はその後ろにぴったりついた。

列を組んだ姉妹は激しく太鼓を打ち鳴らしながら、一糸乱れず整ったバンドの列からはずれ、沿道に乗りあげる。小太鼓隊を追い越し、シンバルも追い越し、指揮杖を掲げて歩くドラムメジャーさえも追い越し、彼女たちは今、パレードの先頭にいる。お待たせしてすみません、ほら、保険のパンフレットを持ってきましたから！　向こうから走ってきた保険外交員の青年をスティックで叩きのめし、倒れた彼を踏みつけ、ふたりは行進した。胸を張って誇らしげで、目はきらきらと輝いていた。

もっともっと広いところへ！　もっともっと高いところへ！　緑地を通り過ぎてしまっても、足は止まらなかった。

その年いちばん強い南風が吹いてきて、スティックが宙に舞った。

それでもリズムはやまなかったし、姉妹はおかまいなしに、笑いながら歩き続けた。

解説　「音楽の状態」を志す小説家

磯崎憲一郎

「すべての芸術は絶えず音楽の状態に憧れる」——この言葉を知ったのは、ボルヘスのエッセイ集「続審問」の中でだったので、私はずっと長い間、ボルヘスの言葉なのだと思い込んでいたのだが、今回改めて調べてみると十九世紀のイギリスの批評家、ウォルター・ペイターの言葉だった、ペイターはその著書『ルネサンス　美術と詩の研究』の中で、こう述べている。

すべての芸術は絶えず音楽の状態に憧れる。というのも、他のすべての芸術では内容と形式とを区別することが可能であり、悟性はつねにこれを区別しうるのであるが、それをなくしてしまうことが芸術の絶えざる努力目標となっているのだから。たとえば詩においては、単にその内容とか主題、すなわちある特定の事件とか状況

――また絵画においては、単にその題材、すなわちある出来事の実際の状況とかある風景の実際の地形とか――は、それらを扱う際に形式と精神とを欠いては無に等しくなるだろうということ、そしてこの形式、この扱い方は、それ自体が目的となって、内容全体に浸透するであろうということ――これこそすべての芸術が絶えず到達しようと努力している状態であり、程度の差はあるがそれぞれに成果を収めているのである。

（ウォルター・ペイター著　富士川義之訳『ルネサンス　美術と詩の研究』ジョルジョーネ派）

この後でペイターは詩を例にとって、内容・主題と形式が容易に分離できるヴィクトール・ユゴーの作品などは理想的なタイプの詩とはいえず、ウィリアム・ブレイクのいくつかの詩作品のような、内容と形式が渾然一体となって、「言葉の意味が悟性によって明瞭に辿ることができないような経路を通じて私たちに伝えられる」「その題材や主題がもはや知性のみに訴えないような作品」こそが理想的な作品であり、「この芸術上の理想、内容と形式とのこうした完璧な一致を最も完全に実現しているのは、音楽芸術である」と、論を進めている。

青山七恵という小説家は世間一般では、という場合の世間一般がどういう人々を指すのかはとりあえず置いておくとして、研ぎ澄まされた観察眼による、きめ細やかな情景描写や、意表を突いた角度から大胆に切り込む心理描写を得意とする書き手と思われているようなのだが、そういった認識、評価が的外れだとまではいわないにしても、青山七恵という人は何よりもまず、自らの作品を音楽の状態にまで高めようと奮闘努力している作家なのではないかと、私には思えてならない。

例えば、表題作「風」の、物語が始まって間もない、次の部分を読んでみて欲しい。

ふたりは雨より雷より、風がきらいだった。

姉妹が子ども時代に住んでいた高台の大きな家のまわりには、毎日強い風が吹いた。東側の一帯には巨大なタイヤ工場があったから、風はいつもうっすらゴムのにおいがした。夕方になると、においは特にきつくなった。でも今日みたいな、梅雨のなかやすみのすっきり晴れた日にスンと鼻を澄ませてみるときだけは、ほんの少しだけ、くちなしの甘い香りがかぎとれるのだった。風は来る日も来る日も吹き続けて、最後には高台の大きな家を、ふたりの幸せな子ども時代を、吹き散らかしてしまった。その土地を離れたあとも、ふたりに吹きつけてくる風は、どんな風であっても、それはふるさとに吹いていた風の続き、同じ風だった。風はどこまでも姉妹を追いかけてきた。父親がすいぞう癌で死んだ日も、強い北風が吹いていた。

（133ページ）

「風」という小説はある意味この、吹き続ける風、どこまでも執拗に追いかけてくる風のイメージの徹底した繰り返し、見事な変奏ともいえるのだが、緑地の平屋に引っ越してきた中年の姉妹、澄子と貴子を取り巻く環境の描写にしても、「ただでさえ背の低い平屋は木立のなかに沈没している」「朝でも昼でも暗い」「乾いた虫たちの死骸が遊歩道にあふれた」「空は重苦しいねずみ色で、重なりあう木々の枝がきゅうきゅうとしなり、湿っぽい、つめたい風が入ってくる」などと、暗い、ネガティヴな、短調めいた言葉ばかりが続く、姉妹の会話も、会話とさえもいえないような、「いいおばさんが、見苦しい」「でぶは黙っててよ」「この豚！　くそばばあ！　今すぐ死んじまえ！」といった悪口の言い合い、罵り合いの連続なのに、表現がどぎつくなればなるほど、読み手の側はカラッとした明るい気分にさせられる、残酷ささえも爽やかな、とても珍しい、不思議な作品に仕上がっているのは、もちろんこの姉妹が憎しみとも見紛う深い愛情と「父親の最後の命令」で深く結びつけられているからに他ならないのだが、それだけでは理由として足らない、本当にこの小説の中を、乾いた強い風が吹き抜け続けているからだとしか、私には思えない。

やはり圧巻はラストの、姉妹がドラムを打ち鳴らしながら、マーチングバンドを先導する場面だろう。

　列を組んだ姉妹は激しく太鼓を打ち鳴らしながら、一糸乱れず整ったバンドの列からはずれ、沿道に乗りあげる。小太鼓隊を追い越し、シンバルも追い越し、指揮杖を掲げて歩くドラムメジャーさえも追い越し、彼女たちは今、パレードの先頭にいる。お待たせしてすみません、ほら、保険のパンフレットを持ってきましたから！　向こうから走ってきた保険外交員の青年をスティックで叩きのめし、倒れた彼を踏みつけ、ふたりは行進した。胸を張って誇らしげで、目はきらきらと輝いていた。

　もっともっと広いところへ！　もっともっと高いところへ！　緑地を通り過ぎてしまっても、足は止まらなかった。

　その年いちばん強い南風が吹いてきて、スティックが宙に舞った。

　それでもリズムはやまなかったし、姉妹はおかまいなしに、笑いながら歩き続けた。

（175ページ）

この部分を読み進めているときの私たちもまた強い風を受けているように感じるの

は、「強い南風が吹いてきて」と書かれているからではない、文章としての風、言葉の風が吹きまくっているからなのだが、そう説明してしまうと、それはつまりは文体の問題、文章のリズムや句読点の問題なのだと誤解されがちなのだが、そういう表面的なことではない。簡潔で鮮やかな言葉を選択する感性は間違いなく必要だろう、しかしそれ以上に大事なのは作品に向き合う姿勢というか、表現者としての目線の高さというか、それこそペイターのいう「その題材や主題がもはや知性のみに訴えないような」「音楽の状態」を、その書き手は真剣に志しているかどうか、という問題のような気がする。

もうすぐクリスマスだからクリスマスの曲を演奏する、そして聴いているひとはもうすぐクリスマスだなあ、と思いながら帰っていく。単純だ。たぶん誰もまじめに聴いていないし、演奏しているわたしたちも、「寒い」とか「早く帰りたい」とか内心では思っている。それでも「ジングルベル」は「ジングルベル」として、「きよしこの夜」は「きよしこの夜」として、この場にいるひとびとの耳から心に流れていく。

そういうことのぜんたい、きっと音楽を通してしか感じられない、この場だけにあるちょっと親密で嬉《うれ》しい感じ……としか言えない何かに、そのときのわたしはとても慰められていた。ふだんのモヤモヤが消え去って、「だからか」と降参していた。

しかしいったい、何に「だからか」だったのか。

高校卒業後、わたしはファストフード店でアルバイトし、男の子とデートもし、クラリネットも習ってみた。でもあのクリスマスコンサートのときと同じようには、何にも降参しなかった。誰かに説明したくても、言葉の網を向けたとたん背を向けて逃れていってしまうあの「だからか」、あれはいったいなんだったんだろう。

（青山七恵「クリスマスの路上で」日本経済新聞　平成28年12月25日朝刊掲載）

これは青山七恵本人が最近新聞に書いたエッセイからの引用だが、音楽が持つ力に「降参」した経験を持つ者だけが、「音楽の状態」に憧れ、それを志向することができる、そしてその資格、才能と根性を併せ持っている書き手は、今の日本にはそれほど多くはいない。小説家青山七恵が関係性の綾に絡み取られることなく、孤独を恐れず、犀の角のように一人歩み続けてくれることを、同じ小説家として、また友人の一人として、私は願っている。

（小説家）

［初出］
予感　「すばる」二〇一四年一月号
ダンス　「新潮」二〇一三年一月号
二人の場合　「文藝」二〇一二年春季号
風　「文藝」二〇一三年秋季号

＊本書は二〇一四年五月、弊社より単行本として刊行されました。

風《かぜ》

二〇一七年 四 月一〇日 初版印刷
二〇一七年 四 月二〇日 初版発行

著 者 青山七恵《あおやまななえ》
発行者 小野寺優
発行所 株式会社河出書房新社
〒一五一－〇〇五一
東京都渋谷区千駄ヶ谷二－三二－二
電話〇三－三四〇四－八六一一（編集）
〇三－三四〇四－一二〇一（営業）
http://www.kawade.co.jp/

ロゴ・表紙デザイン 粟津潔
本文フォーマット 佐々木暁
本文組版 KAWADE DTP WORKS
印刷・製本 中央精版印刷株式会社

Printed in Japan ISBN978-4-309-41524-6

窓の灯

青山七恵　40866-8

喫茶店で働く私の日課は、向かいの部屋の窓の中を覗くこと。そんな私はやがて夜の街を徘徊するようになり……。『ひとり日和』で芥川賞を受賞した著者のデビュー作／第四十二回文藝賞受賞作。書き下ろし短篇収録！

ひとり日和

青山七恵　41006-7

二十歳の知寿が居候することになったのは、七十一歳の吟子さんの家。奇妙な同居生活の中、知寿はキオスクで働き、恋をし、吟子さんの恋にあてられ、成長していく。選考委員絶賛の第百三十六回芥川賞受賞作！

やさしいため息

青山七恵　41078-4

四年ぶりに再会した弟が綴るのは、嘘と事実が入り交じった私の観察日記。ベストセラー『ひとり日和』で芥川賞を受賞した著者が描く、ＯＬのやさしい孤独。磯﨑憲一郎氏との特別対談収録。

おしかくさま

谷川直子　41333-4

おしかくさまという“お金の神様”を信じる女たちに出会った、四十九歳のミナミ。バツイチ・子供なしの先行き不安な彼女は、その正体を追うが⁉　現代日本のお金信仰を問う、話題の文藝賞受賞作。

犬はいつも足元にいて

大森兄弟　41243-6

離婚した父親が残していった黒い犬。僕につきまとう同級生のサダ……やっかいな中学生活を送る僕は時折、犬と秘密の場所に行った。そこには悪臭を放つ得体の知れない肉が埋まっていて⁉　文藝賞受賞作。

肝心の子供／眼と太陽

磯﨑憲一郎　41066-1

人間ブッダから始まる三世代を描いた衝撃のデビュー作「肝心の子供」と、芥川賞候補作「眼と太陽」に加え、保坂和志氏との対談を収録。芥川賞作家・磯﨑憲一郎の誕生の瞬間がこの一冊に！

世紀の発見

磯﨑憲一郎　41151-4

幼少の頃に見た対岸を走る「黒くて巨大な機関車」、「マグロのような大きさの鯉」、そしてある日を境に消えてしまった友人A——芥川賞＆ドゥマゴ文学賞作家が小説に内在する無限の可能性を示した傑作！

平成マシンガンズ

三並夏　41250-4

逃げた母親、横暴な父親と愛人、そして戦場のような中学校……逃げ場のないあたしの夢には、死神が降臨する。そいつに「撃ってみろ」とマシンガンを渡されて⁉　史上最年少十五歳の文藝賞受賞作。

野ブタ。をプロデュース

白岩玄　40927-6

舞台は教室。プロデューサーは俺。イジメられっ子は、人気者になれるのか⁈　テレビドラマでも話題になった、あの学校青春小説を文庫化。六十八万部の大ベストセラーの第四十一回文藝賞受賞作。

空に唄う

白岩玄　41157-6

通夜の最中、新米の坊主の前に現れた、死んだはずの女子大生。自分の目にしか見えない彼女を放っておけない彼は、寺での同居を提案する。だがやがて、彼女に心惹かれて……若き僧侶の成長を描く感動作。

人のセックスを笑うな

山崎ナオコーラ　40814-9

十九歳のオレと三十九歳のユリ。恋とも愛ともつかぬいとしさが、オレを駆り立てた——「思わず嫉妬したくなる程の才能」と選考委員に絶賛された、せつなさ百パーセントの恋愛小説。第四十一回文藝賞受賞作。映画化。

浮世でランチ

山崎ナオコーラ　40976-4

私と犬井は中学二年生。学校という世界に慣れない二人は、早く二十五歳の大人になりたいと願う。そして十一年後、私はＯＬになるのだが？　十四歳の私と二十五歳の私の“今”を鮮やかに描く、文藝賞受賞第一作。

カツラ美容室別室

山崎ナオコーラ 41044-9

こんな感じは、恋の始まりに似ている。しかし、きっと、実際は違う——カツラをかぶった店長・桂孝蔵の美容院で出会った、淳之介とエリの恋と友情、そして様々な人々の交流を描く、各紙誌絶賛の話題作。

ニキの屈辱

山崎ナオコーラ 41296-2

憧れの人気写真家ニキのアシスタントになったオレ。だが一歳下の傲慢な彼女に、公私ともに振り回されて……格差恋愛に揺れる二人を描く、『人のセックスを笑うな』以来の恋愛小説。西加奈子さん推薦！

黒冷水

羽田圭介 40765-4

兄の部屋を偏執的にアサる弟と、執拗に監視・報復する兄。出口を失い暴走する憎悪の「黒冷水」。兄弟間の果てしない確執に終わりはあるのか？当時史上最年少十七歳・第四十回文藝賞受賞作！

走ル

羽田圭介 41047-0

授業をさぼってなんとなく自転車で北へ走りはじめ、福島、山形、秋田、青森へ……友人や学校、つきあい始めた彼女にも伝えそびれたまま旅は続く。二十一世紀日本版『オン・ザ・ロード』と激賞された話題作！

不思議の国の男子

羽田圭介 41074-6

年上の彼女を追いかけて、おれは恋の穴に落っこちた……高一の遠藤と高三の彼女のゆがんだＳＳ関係の行方は？　恋もギターもＳＥＸも、ぜーんぶ“エアー”な男子の純愛を描く、各紙誌絶賛の青春小説！

隠し事

羽田圭介 41437-9

すべての女は男の携帯を見ている。男は…女の携帯を覗いてはいけない！盗み見から生まれた小さな疑いが、さらなる疑いを呼んで行く。話題の芥川賞作家による、家庭内ストーキング小説。

リレキショ

中村航　40759-3

“姉さん”に拾われて“半沢良”になった僕。ある日届いた一通の招待状をきっかけに、いつもと少しだけ違う世界がひっそりと動き出す。第三十九回文藝賞受賞作。

夏休み

中村航　40801-9

吉田くんの家出がきっかけで訪れた二組のカップルの危機。僕らのひと夏の旅が辿り着いた場所は——キュートで爽やか、じんわり心にしみる物語。『100回泣くこと』の著者による超人気作。

インストール

綿矢りさ　40758-6

女子高生と小学生が風俗チャットでひともうけ。押入れのコンピューターから覗いたオトナの世界とは?!　史上最年少芥川賞受賞作家のデビュー作、第三十八回文藝賞受賞作。書き下ろし短篇「You can keep it.」併録。

蹴りたい背中

綿矢りさ　40841-5

ハツとにな川はクラスの余り者同士。ある日ハツは、オリチャンというモデルのファンである彼の部屋に招待されるが……文学史上の事件となった百二十七万部のベストセラー、史上最年少十九歳での芥川賞受賞作。

夢を与える

綿矢りさ　41178-1

その時、私の人生が崩れていく爆音が聞こえた——チャイルドモデルだった美しい少女・夕子。彼女は、母の念願通り大手事務所に入り、ついにブレイクするのだが。夕子の栄光と失墜の果てを描く初の長編。

憤死

綿矢りさ　41354-9

自殺未遂したと噂される女友達の見舞いに行き、思わぬ恋の顚末を聞く表題作や「トイレの懺悔室」など、四つの世にも奇妙な物語。「ほとんど私の理想そのものの「怖い話」なのである。——森見登美彦氏」

二匹

鹿島田真希　40774-6

明と純一は落ちこぼれ男子高校生。何もできないがゆえに人気者の純一に明はやがて、聖痕を見出すようになるが……。〈聖なる愚か者〉を描き衝撃を与えた、三島賞作家によるデビュー作＆第三十五回文藝賞受賞作。

一人の哀しみは世界の終わりに匹敵する

鹿島田真希　41177-4

「天・地・チョコレート」「この世の果てでのキャンプ」「エデンの娼婦」——楽園を追われた子供たちが辿る魂の放浪とは？　津島佑子氏絶賛の奇蹟をめぐる５つの聖なる愚者の物語。

冥土めぐり

鹿島田真希　41338-9

裕福だった過去に執着する傲慢な母と弟。彼らから逃れ結婚した奈津子だが、夫が不治の病になってしまう。だがそれは、奇跡のような幸運だった。車椅子の夫とたどる失われた過去への旅を描く芥川賞受賞作。

ボディ・レンタル

佐藤亜有子　40576-6

女子大生マヤはリクエストに応じて身体をレンタルし、契約を結べば顧客まかせのモノになりきる。あらゆる妄想を呑み込む空っぽの容器になることを夢見る彼女の禁断のファイル。第三十三回文藝賞優秀作。

東京大学殺人事件

佐藤亜有子　41218-4

次々と殺害される東大出身のエリートたち。謎の名簿に名を連ねた彼らと、死んだ医学部教授の妻、娘の“秘められた関係”とは？　急逝した『ボディ・レンタル』の文藝賞作家が愛の狂気に迫る官能長篇！

ドライブイン蒲生

伊藤たかみ　41067-8

客も来ないさびれたドライブインを経営する父。姉は父を嫌い、ヤンキーになる。だが父の死後、姉弟は自分たちの中にも蒲生家の血が流れていることに気づき……ハンパ者一家を描く、芥川賞作家の最高傑作！

少年アリス

長野まゆみ　40338-0

兄に借りた色鉛筆を教室に忘れてきた蜜蜂は、友人のアリスと共に、夜の学校に忍び込む。誰もいないはずの理科室で不思議な授業を覗き見た彼は教師に獲えられてしまう……。第二十五回文藝賞受賞のメルヘン。

青春デンデケデケデケ

芦原すなお　40352-6

一九六五年の夏休み、ラジオから流れるベンチャーズのギターがぼくを変えた。“やーっぱりロックでなけらいかん”――誰もが通過する青春の輝かしい季節を描いた痛快小説。文藝賞・直木賞受賞。映画化原作。

三日月少年漂流記

長野まゆみ　40357-1

博物館に展示されていた三日月少年が消えた。精巧な自動人形は盗まれたのか、自ら逃亡したのか？　三日月少年を探しに始発電車に乗り込んだ水蓮と銅貨の不思議な冒険を描く、幻の文庫オリジナル作品。

夏至南風

長野まゆみ　40591-9

海から吹いてくる夏至南風は、少年の死体を運んでくるのか？〈海岸ホテル〉に、岷浮の街にうごめくみだらな少年たちのネットワーク。その夏、碧夏はどこに連れ去られ彼の身に何が起こったのか？

兄弟天気図

長野まゆみ　40705-0

ぼくは三人兄弟の末っ子。ちぃ坊と呼んでぼくをからかう姉さんと兄さんの間には、六歳で死んだ、もう一人の兄さんが居た。キリリンコロンの音とともに現れる兄さんそっくりの少年は誰？

賢治先生

長野まゆみ　40707-4

少年たちを乗せた汽車は、ひたすら闇のなかを疾ります……ケンタウリ祭の晩に汽車に乗ったジョヴァンナとカンパネッラ。旅の途中で二人と乗り合わせた宮沢賢治。少年たちとの蒼白い銀河交流の行方は？

八月六日上々天氣

長野まゆみ　41091-3

運命の日、広島は雲ひとつない快晴だった……暗い時代の中、女学校に通う珠紀。慌ただしく結婚するが、夫はすぐに出征してしまう。ささやかな幸福さえ惜しむように、時は昭和二十年を迎える。名作文庫化！

野川

長野まゆみ　41286-3

もしも鳩のように飛べたなら……転校生が出会った変わり者の教師と伝書鳩を育てる仲間たち。少年は、飛べない鳩のコマメと一緒に"心の目"で空を飛べるのか？　読書感想文コンクール課題図書の名作！

新装版 なんとなく、クリスタル

田中康夫　41259-7

一九八〇年東京。大学に通うかたわらモデルを続ける由利。なに不自由ない豊かな生活、でも未来は少しだけ不透明。彼女の目から日本社会の豊かさとその終焉を予見した、永遠の名作。

悲の器

高橋和巳　41480-5

39歳で早逝した天才作家のデビュー作。妻が神経を病む中、家政婦と関係を持った法学部教授・正木。妻の死後知人の娘と婚約し、家政婦から婚約不履行で告訴された彼の孤立と破滅に迫る。亀山郁夫氏絶賛！

邪宗門 上・下

高橋和巳　41309-9　41310-5

戦時下の弾圧で壊滅し、戦後復活し急進化した"教団"。その興亡を壮大なスケールで描く、39歳で早逝した天才作家による伝説の巨篇。今もあまたの読書人が絶賛する永遠の"必読書"！　解説：佐藤優。

憂鬱なる党派 上・下

高橋和巳　41466-9　41467-6

内田樹氏、小池真理子氏推薦。三十九歳で早逝した天才作家のあの名作がついに甦る……大学を出て七年、西村は、かつて革命の理念のもと激動の日々をともにした旧友たちを訪ねる。全読書人に贈る必読書！

著訳者名の後の数字はISBNコードです。頭に「978-4-309」を付け、お近くの書店にてご注文下さい。